KB270303

셜록 홈즈 전집
2

셜록 홈즈 전집 **2**
Sherlock Holmes

네 사람의 서명
The Sign of Four

아서 코난 도일

백영미 옮김

황금가지

차례

종이책의 감성을 온라인으로
황금가지의
온라인 소설 플랫폼

인기 출판소설 무료 연재 중!

셜록 홈즈 전집의 한국어판은 미국의 Bantam Books에서 출간된 『*Sherlock Holmes: The Complete Novels and Stories*』를 저본으로 삼았습니다.

추리의 과학

셜록 홈즈는 벽난로 선반 구석에 놓아둔 약병을 내리고 산뜻한 모로코가죽 상자에서 피하 주사기를 꺼냈다. 그리고 희고 길며 신경질적인 손가락으로 주사기에 약을 채우고 왼쪽 셔츠 소매를 걷어 붙였다. 그는 잠시 생각에 잠긴 눈으로 힘줄이 불거진 팔뚝과 손목을 바라보았다. 팔에는 주삿바늘 자국이 무수히 남아 있었다. 그는 결국 주사기를 살에 꾹 찌르고 조그마한 피스톤을 눌렀다. 그리고 흡족한 듯 긴 한숨을 내쉬며 벨벳 쿠션을 댄 안락의자에 몸을 묻었다.

벌써 여러 달째 나는 하루 세 번씩 이 같은 의식을 지켜보고 있었다. 하지만 이것이 습관이 되었다고 해서 내 마음이 편해진 것은 아니었다. 오히려 시간이 갈수록 나는 홈즈의 그런 행동을 지켜보는 것이 심히 괴로워졌고, 그를 말릴 용기가 부족하다는 생각에 밤마

다 양심의 가책에 시달렸다. 나는 그 문제에 관해 내 생각을 솔직히 털어놓으리라는 다짐을 몇 번이나 했는지 모른다. 그러나 누구라도 내 친구의 냉담하고 무관심한 태도를 보면 무람없이 굴고 싶은 생각이 싹 가실 것이다. 홈즈의 탁월한 능력과 독창적인 방식, 그리고 그동안 숱하게 경험했던 그의 뛰어난 자질을 생각하면 그를 거스르는 일이 마음먹은 대로 쉽게 되지 않았다.

하지만 그날 오후, 점심때 반주로 마신 적포도주 때문이었는지, 지나치게 유유자적한 그의 태도를 보고 더 화가 치밀어서였는지는 모르겠지만 불현듯 더 이상 못 참겠다는 생각이 들었다. 내가 물었다.

"오늘은 뭐지? 모르핀인가 아니면 코카인인가?"

홈즈는 고딕 활자로 된 오래된 책을 들여다보다가 노곤하게 눈을 들었다. 그가 말했다.

"코카인일세. 7퍼센트 수용액이지. 자네도 한번 해보려고?"

"나는 싫네."

나는 퉁명스럽게 대답했다.

"내 몸은 아직도 아프가니스탄 전쟁의 영향을 극복하지 못했어. 몸에 더 부담을 줄 수는 없지."

홈즈는 내가 거칠게 말하는 걸 듣고 씩 웃었다.

"왓슨, 자네 말이 옳으이. 나는 이런 약물이 육체적으로는 악영향을 미칠 거라고 생각하네. 하지만 정신적인 각성 효과는 말할 수 없이 크거든. 그래서 그 부작용 같은 것은 사소한 문제로 여겨질 정도라네."

"하지만 생각해 보게!"

나는 열심히 따지고 들었다.

"어떤 대가를 치러야 하는지 따져보라고! 자네 말마따나 자네의 두뇌는 자극받고 각성될 수 있지만, 그것은 뇌 조직의 변화를 수반하는 병적인 과정이네. 마약은 두뇌를 영구적으로 약화시킬 걸세. 게다가 자네도 알다시피 그 부작용도 만만치 않아. 그건 그만한 희생을 무릅쓸 가치가 없어. 오로지 찰나의 쾌락을 위해서 타고난 뛰어난 능력을 희생시켜야 할 이유가 뭐란 말인가? 내 말 명심하게. 나는 단지 친구로서가 아니라 타인의 건강에 대해 어느 정도 책임이 있는 의사로서 말하고 있다네."

홈즈는 화가 난 것 같지 않았다. 오히려 그는 대화를 즐기는 사람처럼 팔걸이에 팔꿈치를 올려놓고 두 손의 손가락 끝을 맞댔다.

"내 마음은 정체를 못 견뎌 하네."

그는 말했다.

"나한테 문제를 던져주게. 나한테 일을 줘. 가장 난해한 암호, 가장 복잡한 분석 과제를 던져주게. 그러면 내 마음은 제자리로 돌아갈 걸세. 그러면 나는 인공적인 흥분제 없이도 살아갈 수가 있어. 하지만 나는 무미건조한 일상을 혐오하네. 나는 정신적으로 고양된 상태를 갈망하지. 내가 이런 특수한 일을 선택한 이유가, 아니 만들어낸 이유가 바로 그걸세. 나는 세상에서 유일무이한 존재라네."

"자네가 유일무이한 사설탐정이라고?"

나는 눈을 치켜뜨며 말했다.

"유일무이한 사설 '자문' 탐정일세."

홈즈는 대답했다.

"나는 범죄 수사계의 대법원이자 최종심일세. 그렉슨이나 레스트레이드나 애설니 존스가 사건을 수사하다 벽에 부딪쳤을 때 —사실 이게 그 사람들의 정상적인 상태거든. —그 사건은 나한테 넘어오네. 나는 전문가로서 여러 가지 증거를 자세히 살펴본 다음 의견을 제시하지. 그렇다고 남들에게 인정받기를 원하지도 않네. 어떤 신문에도 내 이름이 실리는 법이 없지. 내게 가장 큰 보상은 일 자체, 나만이 가진 능력에 걸맞은 분야를 발견하는 기쁨일세. 자네는 제퍼슨 호프 사건에서 내가 일하는 방식을 경험한 적이 있지 않나."

"그래."

나는 충심으로 말했다.

"내 평생 그렇게 충격적인 일은 처음이었네. 나는 그걸 작은 책자

로 펴내기까지 했지. '주홍색 연구'라는 다소 환상적인 제목을 붙여
서 말일세."

홈즈는 슬프게 고개를 저었다.

"그 책은 나도 대충 훑어보았네. 솔직히 말해서, 난 자네를 축하
해 줄 수 없어. 모름지기 수사란 정밀한 과학이기 때문에 냉정하고
감정이 드러나지 않는 방식으로 대해야 하네. 그런데 자네는 거기
다 낭만적인 물을 들여놓았네. 그건 유클리드의 제5공리에 연애담
이나 남녀상열지사를 뒤섞은 것과 같은 것일세."

"하지만 그 사건의 배후에는 사랑 이야기가 있지 않았나."

나는 반박했다.

"나는 있는 사실을 없애버릴 순 없었네."

"어떤 사실들은 밝히지 말았어야 했네. 아니면 적어도 여러 사실
을 취급할 때 공정한 균형 감각을 발휘해야 했지. 그 사건에서 언급
할 만한 가치가 있는 단 한 가지는 결과에서 원인을 추적해 들어가
는 새로운 분석적 추리 방식이라네. 나는 그것으로 문제를 해결할
수 있었지."

자신을 기쁘게 해주려고 애써서 한 일에 대해 이런 식으로 혹평
하는 걸 듣고 나는 화가 치밀었다. 또 내가 쓴 문장 하나하나가 오
로지 자신의 활약상을 기리는 데 바쳐져야 한다는 식의 자기중심적
사고가 짜증스럽기도 했다. 나는 베이커가에서 내 친구와 함께 생
활하는 동안, 남을 가르치려 드는 그의 점잔 빼는 태도 뒤에 일말의
허영심이 숨어 있는 것을 수차례 목격한 적이 있었다. 그러나 나는

묵묵히 앉아서 부상당한 다리를 주무르고만 있었다. 나는 예전에 다리에 관통상을 입은 적이 있는데, 보행에는 지장이 없었으나 날이 조금만 꾸물거려도 다리가 욱신거렸다.

"최근에 나의 활동 범위는 대륙으로까지 넓혀졌다네."

홈즈는 잠시 후, 오래된 브라이어 파이프에 담배를 채워 넣으며 말했다.

"지난주에 프랑수아 르 빌라르가 내게 자문을 구해 왔다네. 자네도 알고 있겠지만 빌라르는 최근 프랑스 수사 인력 가운데 두각을 나타내고 있는 인물일세. 그 친구에게는 켈트인 특유의 날카로운 직관력이 있지만 타고난 능력을 한 단계 발전시키는 데 중요한 폭넓고 정밀한 지식이 부족하지. 빌라르가 자문한 사건은 어떤 유언에 얽힌 사건이었는데 몇 가지 흥미로운 특징이 있었지. 나는 그 친구에게 비슷한 사건 두 가지를 알려주었어. 하나는 1857년 리가에서 일어난 사건이고 또 하나는 1871년 세인트루이스에서 일어난 사건인데, 그는 이 두 가지 사건에서 힌트를 얻어 사건을 해결할 수 있었네. 오늘 아침에 감사 편지가 왔는데 바로 이걸세."

홈즈는 외국어로 쓴 꾸깃꾸깃한 편지 한 장을 내밀었다. 언뜻 보니 편지는 온통 찬사로 도배돼 있었다. '대단히 아름다운', '현란한 솜씨', '묘기에 가까운 능력' 등, 모두 프랑스 형용사의 깊은 감사를 드러내는 말이었다.

"꼭 선생님 앞에 선 학생처럼 말하는군."

"그래, 그 친구는 내 도움을 지나치게 높이 평가하고 있긴 하지."

셜록 홈즈는 들뜬 목소리로 말했다.

"빌라르도 상당한 재능을 타고난 사람일세. 이상적인 탐정에게 필요한 세 가지 자질 가운데 두 가지를 가지고 있다네. 먼저 관찰력과 추리력이 뛰어나지. 단 하나 부족한 것은 지식이지만 그건 시간이 해결해 줄 걸세. 지금은 내 책을 프랑스 말로 번역하고 있지."

"자네 책?"

"오, 몰랐나?"

홈즈는 껄껄 웃으며 소리쳤다.

"그래, 나는 몇 권의 연구서에 이름을 올려놓았다네. 모두 전문적인 주제를 다룬 책들이지. 예를 들면, 『다양한 담뱃재의 구별에 관하여』라는 책이 있네. 나는 그 책에서 백마흔 종의 시가, 궐련, 파이프 담배에 대해 설명하고 담뱃재의 차이를 구별할 수 있도록 컬러 도판을 실어놓았다네. 담뱃재는 형사 재판에서 끊임없이 문제가 되는 증거인데, 가장 중요한 단서로 등장할 때도 있지. 예를 들면, 어떤 살인 사건이 인도산 '룬카'를 피우는 자에 의해 저질러졌다는 것을 확인하게 되었을 때 수사 대상은 상당히 압축될 수 있네. 훈련된 사람의 눈에는 트리치노폴리의 검은 재와 살담배의 흰 솜털 같은 재는 양배추와 감자만큼 다르게 보이거든."

"자네는 사소한 사실에 대한 천재적인 통찰력이 있지."

나는 한마디 했다.

"나는 사소한 사실의 중요성을 알고 있는 걸세. 또 발자국의 추적에 관한 책도 있다네. 나는 그 책에서 발자국 보존제로 석고를 이용하는 법에 관해서도 언급했지. 그뿐만 아니라 직업이 손의 모양에 미치는 영향에 관한 재미있는 소책자도 있다네. 그 책에는 슬레이트공, 선원, 코르크 절단공, 조판공, 직조공, 다이아몬드 연마공의 손을 그린 도판이 실려 있네. 그건 과학적 수사에서 굉장히 흥미로운 분야지. 특히 신원 미상의 시체가 발견되는 사건이나 범죄자의 전력을 파악하는 일에서 아주 중요하다네. 그런데 내가 즐기는 얘기로 자네를 피곤하게 했나 보군."

"그럴 리가 있나."

나는 서둘러 홈즈의 말을 부정했다.

"자네가 이론을 실제에 적용하는 것을 보고 난 다음부터 그건 내게도 아주 흥미로운 분야가 됐네. 그런데 자네는 방금 관찰과 추리에 대해서 말했는데 그 둘이 어느 정도까지는 겹치는 것이겠지?"

"아니, 전혀 그렇지 않네."

홈즈는 느긋하게 안락의자에 몸을 묻으며 말했다. 그는 담배 연기로 굵고 푸른 동그라미를 연속해서 만들어 보였다.

"예를 들면, 나는 관찰을 통해 오늘 아침에 자네가 윅모어가 우체국에 다녀왔다는 사실을 알았네. 하지만 추리를 통해 자네가 전보를 쳤다는 걸 알게 됐지."

"어떻게 알았지?"

나는 말했다.

"둘 다 맞았네! 하지만 도대체 어떻게 그걸 알아냈는지 모르겠군. 나는 오늘 아침에 우체국에 다녀왔지만 그건 미리 계획한 일도 아니고 누구한테 얘기를 한 적도 없는데."

"그건 아주 간단하지."

홈즈는 내가 놀라는 걸 보고 쿡쿡 웃으며 말했다.

"정말 우스울 정도로 간단해서 설명하는 게 불필요하게 느껴질 정도라네. 하지만 그건 관찰과 추리의 경계를 명확히 가르는 데 도움이 될 수도 있겠어. 나는 자네 발등에 황토 흙이 묻어 있는 걸 관찰을 통해 알았네. 그런데 윅모어가 우체국 건너편에는 도로 공사를 하느라 길을 파헤쳐놓아서 흙이 드러나 있지. 그 흙을 밟지 않고선 우체국에 들어가기가 어려워. 그리고 그 유난히 붉은 황토는 내가 알기로는 이 근방에서 거기 말고는 없네. 여기까지가 내가 관찰한 것일세. 나머지는 추리해 낸 것이지."

"그러면 내가 전보를 쳤다는 사실을 어떻게 추리했지?"

"나는 자네가 편지를 쓰지 않았다는 걸 알고 있었어. 나는 오늘 아침 내내 여기 앉아 있었거든. 또 지금 자네 책상에는 우표와 두툼한 엽서 뭉치가 놓여 있네. 그러면 우체국에 가서 전보를 치는 것 말고 무엇을 할 수 있을까? 불가능한 요소를 다 지워버렸을 때 남는 것 하나가 진실임에 틀림없네."

"이 경우에는 그렇군."

나는 잠깐 생각해 본 다음에 대답했다.

"하지만 그건 자네 말처럼 지극히 간단한 것이네. 내가 좀 더 어려운 과제를 내서 자네 이론을 시험한다면 나를 무례하다고 생각할 텐가?"

홈즈가 대답했다.

"천만에, 오히려 내가 코카인을 한 번 더 투여하는 걸 막아주겠지. 나는 자네가 어떤 문제를 내든 기쁘게 풀어보겠네."

"자네는 훈련된 눈으로 관찰하면 사람들이 일상적으로 사용하는 물건에서 그 소유자의 개인적 특징을 읽어내는 게 어렵지 않다고 주장하고 있네. 자, 여기 최근에 내 소유가 된 시계가 하나 있네. 자네는 이전 소유자의 성격이나 습관에 관해 말해 줄 수 있겠나?"

나는 은근히 기뻐하며 그에게 시계를 건네주었다. 나는 홈즈가 이 문제를 도저히 풀지 못할 거라고 생각했는데, 이번 일을 계기로 이따금씩 드러나는 그의 독단적인 태도에 경종을 울리고 싶었다. 그는 시계를 손바닥에 올려놓고 문자판을 뚫어지게 쳐다보았다. 그리고 뒷면의 뚜껑을 열고 처음에는 육안으로, 그다음에는 성능 좋은 확대경으로 내부 장치를 면밀히 살펴보았다. 홈즈는 마침내 뚜껑을 닫고 시계를 내밀었는데 나는 그의 풀 죽은 얼굴을 보고 미소를 금할 수 없었다.

"쓸 만한 정보가 거의 없군."

홈즈는 말했다.

"최근에 시계를 청소하는 바람에 중요한 흔적이 날아가버렸어."

"자네 말이 옳으이."

나는 대답했다.

"이 시계는 내부 청소를 마친 다음에 내 손으로 넘어왔네."

나는 친구가 자신의 실패를 은폐하기 위해 궁색한 변명을 늘어

놓는다고 생각했다. 그렇다면 청소하지 않은 시계에선 도대체 어떤 정보를 뽑아낼 수 있다고?

"만족스럽지는 않지만, 시계를 살펴보고 건진 게 아주 없지는 않아."

홈즈는 꿈꾸듯 멍한 눈으로 천장을 올려다보며 말했다.

"말해 볼 테니 틀린 부분이 있으면 고쳐주게. 우선 그 시계는 자네 맏형 소유였는데 형은 그걸 아버님한테서 상속받았네."

"그건 시계 뒷면의 'H.W.'라는 머리글자를 보고 알아낸 것이로 군?"

"그렇지. 자네 성씨가 왓슨이니까 그것은 'W.'와 정확히 일치하지. 시계의 제작 연대는 거의 50년 전인데 머리글자가 새겨진 것도 거의 그 무렵이었네. 그러니 이 시계는 돌아가신 어른께서 구입하신 것이 분명하네. 그런데 보석류를 물려받는 것은 대개 장남이고, 또 장남은 아버지의 이름을 따르는 경우가 많지. 내 기억이 정확하

다면 자네 아버님은 돌아가신 지가 꽤 오래됐어. 그렇다면 이 시계
는 자네 맏형의 소유였을 걸세."

"거기까지는 맞네. 또 다른 건?"

내가 말했다.

"자네 형님은 단정하지 못한 습관을 가진 분이었네. 좀 덜렁대고
부주의했지. 원래 상당한 재산을 물려받았지만 다 털어먹고 한동안
가난하게 살았어. 그러다 가끔씩 경제적 여유를 되찾기도 했지만
그런 기간은 길지 않았네. 말년에는 습관적으로 술을 마시게 되었
고 그러다 돌아가셨네. 내가 알아낼 수 있는 건 이게 전부일세."

나는 벌떡 일어나 방 안을 절룩거리며 걸어 다녔다. 비통한 심정
을 가눌 길이 없었다. 내가 말했다.

"홈즈, 자네 정말 너무하는군. 자네가 이런 지경으로 전락했다니
정말 믿어지지가 않아. 자네는 나의 가엾은 장형의 이력을 샅샅이
조사해 놓고, 지금 무슨 신기한 방법으로 그걸 추리해 낸 것처럼 꾸
며대고 있어. 자네가 형의 낡은 시계에서 그 모든 사실을 읽어냈다
는 얘기를 내가 정말 믿을 것 같은가! 그건 몰인정한 행동일 뿐 아
니라, 솔직히 말해서 협잡의 냄새도 나네."

"여보게, 왓슨."

홈즈는 부드러운 목소리로 말했다.

"부디 내 사과를 받아주기 바라네. 문제를 추상적으로만 생각하
다 보니 그것이 자네에게 개인적으로 얼마나 큰 아픔이었는지를 잊
어버렸네. 하지만 맹세코 나는 자네가 그 시계를 보여주기 전까지

만 해도 자네에게 형이 있었다는 사실조차 몰랐네.”

“그러면 도대체 우리 형님에 관한 얘기는 어떻게 알아냈단 말인가? 자네가 말한 건 모두가 한 치도 틀림없는 사실이네.”

“아, 그건 순전히 운이 좋은 덕분이었지. 나는 여러 가지 가능성을 견주어보고 제일 그럴듯한 것을 말할 수 있을 뿐이네. 나는 그렇게까지 정확하리라고는 생각하지 않았어.”

“그러면 그게 단순한 추측이 아니라고?”

“아니, 절대 아닐세. 나는 절대로 추측 같은 건 하지 않네. 그건 정말 사람의 논리 능력을 파괴하는 악습일세. 자네는 나의 대담한 추리가 나오기까지 내가 어떤 생각을 하고, 어떤 사실을 관찰했는지 그 중간 단계를 보지 못했기 때문에 그렇게 이상하게 여기는 것일세. 예를 들면 나는 처음에 자네 형님이 부주의하다고 말했네. 뚜껑 아래쪽을 보면 두 군데 움푹 들어간 곳이 있을 뿐 아니라, 동전이나 열쇠 같은 단단한 물건과 같은 주머니에 들어 있었던 것처럼 사방이 온통 긁힌 자국투성이라네. 50기니씩이나 하는 시계를 그렇게 무관심하게 취급하는 사람에게 부주의하다고 말하는 것은 그리 감탄할 만한 재주가 아닐세. 또 그렇게 값비싼 물건을 상속받은 사람이 다른 면에서도 대단히 풍족했으리라고 생각하는 것도 과히 무리한 추정이 아니고 말이야.”

나는 그의 논리를 이해하고 있다는 걸 보여주기 위해 고개를 끄덕였다.

“영국의 전당포업자들은 시계가 들어오면 뚜껑 안쪽에 미세한 핀으로 티켓 번호를 새겨놓는 습관이 있지. 번호를 잃어버리거나 바뀔 염려가 없기 때문에 꼬리표를 붙여놓는 것보다는 이쪽이 훨씬 편리하다네. 그런데 이 시계의 뚜껑 안쪽을 확대경으로 살펴보니 그런 번호가 네 개나 보였네. 나는 그걸 보고 자네 형님이 경제적 어려움을 자주 겪었다고 추리한 거지. 그리고 형님은 가끔씩 경제적 여유를 누리기도 했네. 그렇지 않고서야 저당 잡힌 물건을 되찾을 수는 없었을 테니까 말일세. 마지막으로 나는 자네에게 케이스 안쪽의 태엽 감는 구멍을 들여다보길 권하네. 태엽 감는 키를 집어넣는 구멍 주위에 긁힌 자국이 무수히 많은 게 보이지. 모두가 키를 제대로 꽂아 넣지 못해서 생긴 자국들일세. 정신이 맑은 사람이 키를 꽂을 때 그런 자국을 만들어냈을 리가 있겠나? 하지만 술꾼의 시계에는 온통 긁힌 자국투성이라네. 자네 형님은 밤에 떨리는 손으로 시계태엽을 감으면서 그런 흔적을 남긴 것이지. 도대체 여기서 알아내지 못할 것이 뭐란 말인가?"

"자네 설명을 들으니 모든 게 명백해지는군."

나는 대답했다.

"자네를 부당하게 비난한 내가 나빴네. 자네의 놀라운 능력에 대해 좀 더 믿음을 가져야 하는데. 혹시 오늘 현장 조사를 나갈 일은 없나?"

"아니. 이제부터 코카인이나 해야지. 난 두뇌 활동 없이는 살 수 없네. 그게 없으면 도대체 무슨 목적으로 살겠나? 여기 창가로 좀 와보게. 정말 어둡고 우울하고 공허한 세상 아닌가? 저기 누런 안

개가 길에서 흘러 다니는 걸 좀 보게. 안개는 어두컴컴한 집들을 넘어 다니고 있네. 이보다 더 지루하고 무미건조한 세상이 어디 있겠나? 여보게 왓슨, 나한테 능력이 있으면 뭘 하겠나? 그걸 발휘해 볼 기회가 없는데. 진부한 범죄, 진부한 삶, 지상에서 진부한 것을 빼면 아무것도 없네."

홈즈의 이런 장광설에 뭐라고 대꾸하려는 찰나, 노크 소리가 나더니 하숙집 주인이 놋쇠 쟁반에 명함 한 장을 받쳐 들고 들어왔다.

"젊은 숙녀 한 분이 밖에 와 계신다오."

허드슨 부인은 내 친구에게 말했다.

"마리 모스턴 양이라……."

홈즈는 명함을 소리 내어 읽었다.

"흠, 한 번도 들어본 적 없는 이름이군. 허드슨 부인, 숙녀분을 올려보내주십시오. 아, 왓슨, 가지 말게. 자네가 옆에 있어주면 좋겠어."

모스턴 양은 꼿꼿한 걸음걸이로 방에 들어왔다. 지극히 침착한 얼굴의 그녀는 금발 머리의 숙녀로서, 작고 날렵한 몸매에 장갑을 끼고 있었고, 옷차림에는 나무랄 데 없는 취향이 드러나 있었다. 하지만 의상이 단순하고 소박한 것으로 보아 경제적으로 넉넉지 않음을 짐작할 수 있었다. 숙녀의 드레스는 회색빛이 도는 베이지 색이었는데 끝단 장식도 술 장식도 없었다. 머리에는 드레스와 같은 색깔의 앙증맞은 모자를 쓰고 있었는데 모자 한쪽에 하얀 깃털이 몇 개 꽂혀 있었다. 빼어난 미인은 아니었지만 표정이 부드럽고 상냥했으며 커다란 푸른 눈동자에는 풍부한 감정과 정신적 깊이가 드러나 있었다. 나는 세 개 대륙을 돌아다니며 여러 나라의 여자들을 겪어보았지만 이렇게 섬세하고 민감한 영혼이 선명하게 드러난 얼굴은 본 적이 없었다. 셜록 홈즈가 권한 의자에 앉은 숙녀의 입술과 손이 가볍게 떨렸다. 그녀는 마음속으로 깊은 불안에 시달리고 있는 듯했다. 숙녀가 말했다.

"홈즈 선생님, 제가 여기 찾아온 것은 선생님이 세실 포레스터 부인의 복잡한 집안 문제를 해결하는 데 도움을 주신 것을 알고 있기 때문입니다. 저는 포레스터 부인 댁에서 일하고 있는데, 부인은 선생님의 친절함과 뛰어난 능력에 깊은 인상을 받으셨지요."

"세실 포레스터 부인이라……."

홈즈는 생각을 더듬으며 말했다.

"언젠가 제가 약간 도움을 드린 적이 있는 것 같군요. 하지만 제 기억으로 그 사건은 아주 단순한 것이었습니다."

"부인은 그렇게 생각하지 않으십니다. 하지만 선생님께서 제 일에 대해서도 같은 말씀을 하지는 못하실 거예요. 제가 겪은 사건만큼 기이한 일은 어디에도 없을 겁니다."

홈즈는 두 손을 마주 비비며 앉은 자리에서 상체를 앞으로 내밀었다. 두 눈은 반짝거렸고 윤곽이 뚜렷한 매처럼 날카로운 얼굴에는 집중한 표정이 떠올랐다.

"어떤 일인지 말씀해 주십시오."

홈즈는 사무적인 말투로 기운차게 말했다.

나는 입장이 난처했다.

"제가 일어서는 게 낫겠군요."

나는 자리에서 일어나며 말했다.

놀랍게도 숙녀는 장갑 낀 손을 들어 올려서 나를 말렸다.

"친구분께서, 이 자리에 동석해 주신다면 정말 고맙겠습니다."

나는 도로 주저앉았다.

"간단히 말하면 사실은 이렇답니다."

그녀는 말을 이었다.

"우리 아버지는 인도 주둔 연대의 장교로 계셨습니다. 아버지는 제가 아주 어렸을 때 저를 영국으로 보내셨지요. 어머니는 일찍 돌아가셨고 영국에 친척이라곤 아무도 없습니다. 하지만 저는 에든버러의 훌륭한 기숙 학교에 들어갔고 열일곱 살이 될 때까지 거기서 살았습니다. 1878년, 연대의 대위였던 아버지는 12개월의 휴가를 얻어 귀국하셨어요. 아버지는 런던에서 저에게 무사히 도착했으니어서 랭엄 호텔로 오라는 전보를 보내셨지요. 제 기억에 의하면 아버지의 편지에는 사랑이 가득했어요. 저는 런던에 도착하자마자 랭엄으로 달려갔는데 호텔 측에선 모스턴 대위가 투숙한 건 사실이지만 전날 밤에 나가서 아직도 돌아오지 않았다고 했습니다. 저는 하루 종일 기다렸지만 아버지에게선 아무 연락이 없었어요. 그날 밤, 저는 호텔 지배인의 충고에 따라 경찰에 연락했고 우리는 다음 날 조간신문에 일제히 광고를 냈습니다. 하지만 아무 소용이 없었어요. 그리고 그날부터 지금까지 저의 가엾은 아버지에게선 아무 소식이 없답니다. 아버지는 평화와 위로를 찾으려는 희망에 부풀어 귀국하신 거예요. 그런데…….”

숙녀는 손으로 입을 막고 가까스로 울음을 참았다.

“그게 언젭니까?”

홈즈가 노트를 펴며 물었다.

“아버지는 1878년 12월 3일에 실종되셨습니다. 거의 10년 전이지요.”

“소지품은?”

“호텔 방에 그대로 남아 있었어요. 단서가 될 만한 것은 없었지요. 옷가지랑 책, 그리고 안다만 섬에서 가져온 골동품이 꽤 있었습니다. 아버지는 안다만 제도의 교도소 경비를 담당하는 부대의 장교이셨어요.”

“런던에 친구는 없었습니까?”

“우리가 알아낸 바로는 숄토 소령 한 분뿐이었습니다. 아버지와 같은 봄베이 34보병 연대에서 복무하셨지요. 숄토 소령님은 그 일이 있기 조금 전에 제대해서 어퍼 노우드에서 살고 계셨습니다. 하지만 연락해 보니 그분은 아버지가 영국에 나온 사실도 모르고 계시더군요."

"이상한 일이군요."

홈즈는 말했다.

"저는 아직 가장 이상한 부분에 대해서는 설명하지 않았답니다. 한 6년쯤 전에, 정확히 말하면 1882년 5월 4일에 《타임스》 신문에 마리 모스턴 양의 주소를 찾는 광고가 실렸습니다. '절대로 나쁜 일이 아니니 모스턴 양은 연락처를 밝혀주기 바란다.'라고 쓰여 있었지요. 광고주의 성명이나 주소 같은 건 없었습니다. 저는 그때 막 세실 포레스터 댁에서 가정 교사로 일을 시작한 상태였지요. 저는 포레스터 부인이 권하는 대로 광고란에 제 주소를 실었습니다. 그러자 그날 우편으로 작은 상자가 배달되어 왔는데 그 속에는 굉장히 크고 영롱한 진주 한 알이 들어 있었습니다. 편지 같은 건 없었고요. 그다음부터 매년 같은 날에 비슷한 상자가 배달되어 왔지요. 그 속에는 비슷하게 생긴 진주가 한 알 들어 있을 뿐 보낸 사람에 관한 어떤 단서도 없었습니다. 전문가에게 감정을 받아보니 그 진주는 아주 희귀하고 값비싼 것들이라고 했습니다. 얼마나 예쁜지 한번 보세요."

모스턴 양은 작은 상자를 열어서 보여주었는데, 그 속에는 진주 여섯 알이 들어 있었다. 나는 그렇게 품질이 뛰어난 진주는 본 적이 없었다.

"정말 흥미진진한 이야기로군요."

셜록 홈즈가 말했다.

"그런데 모스턴 양의 신변에 무슨 일이 있었습니까?"

"예, 그것도 바로 오늘요. 제가 여기 온 것은 바로 그 때문입니다. 오늘 아침에 저는 한 통의 편지를 받았습니다. 보고 싶어 하실 것 같아서 여기 가져왔어요."

"감사합니다."

홈즈는 말했다.

"그 봉투도 주십시오. 소인이 찍힌 곳은 런던 남서부군요. 날짜는 7월 7일, 흠, 귀퉁이에 찍힌 남자의 엄지손가락 지문은 필경 우체부가 남긴 것이겠지요. 종이는 최고급이군요. 한 다발에 6펜스짜리 봉투입니다. 편지지를 아주 까다롭게 고르는 사람이군요. 주소는 없고."

오늘 밤 일곱시에 라이세움 극장으로 나와 입구 왼쪽에서 세 번째 기둥 옆에 서 계십시오. 불안하다면 친구 둘을 데리고 와도 좋습니다. 당신은 피해자이니 공정한 대접을 받아야 합니다. 경찰에 연락하지는 마십시오. 그랬다가는 만사가 도로아미타불이 될 겁니다. 익명의 친구로부터.

"이런이런, 이거 정말 아닌 밤중에 홍두깨 같은 얘기로군! 모스턴 양, 어떻게 하실 작정이십니까?"

"제가 홈즈 선생님께 묻고 싶은 게 바로 그거예요."

"그러면 우리 둘이 같이 나가기로 하지요. 모스턴 양과 저 말입니다. 그리고 여기 있는 왓슨 박사도 같이 가는 게 좋겠군요. 이 편지에는 친구 둘이라고 쓰여 있으니까요. 이 친구와는 전에도 같이 일해 본 적이 있습니다."

"하지만 친구분께서 같이 가려고 하실까요?"

모스턴 양은 호소하는 듯한 목소리와 표정으로 물었다.

"기꺼이 가겠습니다."

나는 얼른 대답했다.

"조금이라도 도움이 돼드릴 수 있다면 더 이상 기쁜 일이 없을 겁니다."

"두 분은 정말 친절하시군요."

모스턴 양은 대답했다.

"저는 조용한 생활을 하고 있기 때문에 도움을 청할 수 있는 친구들이 별로 없답니다. 그러면 제가 여섯시까지 여기로 오면 될까요?"

"더 늦지는 않도록 하십시오."

홈즈는 말했다.

"그런데 한 가지 알고 싶은 게 있습니다. 이 편지와 진주 상자의 주소는 필체가 같습니까?"

"그것도 여기 가져왔어요."

모스턴 양은 종이 여섯 장을 꺼내놓으며 말했다.

"모스턴 양은 정말 모범적인 의뢰인이군요. 정말 정확한 직관을 갖고 계십니다. 그럼 어디 볼까요."

홈즈는 여섯 장의 종이를 탁자에 펼쳐놓고 하나하나 살펴보았다.

"편지만 빼고 주소를 쓴 글씨는 필적을 위장했군요."

그리고 이윽고 그가 말했다.

"하지만 글씨를 쓴 사람이 같은 사람이라는 데는 의문의 여지가 없습니다. 여기 'e'가 참지 못하고 돌출한 것을 좀 보십시오. 그리고 맨 끝의 's'가 꼬부라진 모양을 보세요. 모두 한 사람이 쓴 게 분명해요. 그런데 모스턴 양, 제가 헛된 희망을 심어주려는 건 아니지만 이 필체와 아버님의 필체 사이에 조금이라도 닮은 점이 있습니까?"

"전혀."

"그럴 줄 알았습니다. 그러면 이따가 여섯시에 뵙도록 하지요. 이 편지는 제가 보관하도록 하겠습니다. 아직 세시 반밖에 안 됐으니 좀 더 살펴보고 싶습니다. 그럼, 안녕히."

"안녕히."

숙녀는 말했다. 그리고 우리 두 사람을 밝고 상냥한 시선으로 번갈아 바라본 다음 진주 상자를 가슴에 품고 서둘러 방을 나갔다.

나는 창가에 서서 모스턴 양이 경쾌한 걸음으로 거리를 걸어 내려가는 모습을 지켜보았다. 연회색 모자와 하얀 깃털은 점점 작아지더니 우중충한 군중들 속에서 점이 되어 사라졌다.

"정말 아름다운 여성이야!"

나는 친구를 돌아보며 감탄했다.

홈즈는 다시 파이프를 붙여 물고 눈을 게슴츠레하게 뜬 채 의자에 몸을 파묻고 있었다.

"그런가?"

홈즈는 무심하게 대답했다.

"난 자세히 눈여겨보지 않았네."

"자네는 정말 기계 인간일세."

나는 외쳤다.

"가끔 자네한테는 굉장히 비인간적인 느낌이 나네."

홈즈는 피식 웃었다.

"여보게, 가장 중요한 것은 말일세……."

그가 큰 소리로 말했다.

"사람을 판단할 때 개인에 대해 편견을 갖지 않는 것이야. 내게 의뢰인은 그저 문제의 한 단위, 한 요소일 뿐일세. 상대에 대해 어떤 감정을 품으면 냉철한 추리를 할 수 없게 되지. 여태까지 내가 본 여자들 중에서 가장 매력적인 여성은 보험금을 타내기 위해 세 아이를 독살한 죄로 교수형을 당했네. 그리고 내가 아는 사람 가운데 가장 혐오스럽게 생긴 남자는 런던의 빈민을 위해 거의 25만 파운드를 쓴 자선가라네."

"하지만 이 경우엔……."

"나는 절대로 예외를 두지 않네. 예외가 있는 규칙은 규칙이 아니지. 자네 필체를 보고 성격을 연구해 본 적이 있나? 이 글씨는 어떤 것 같은가?"

"또박또박 읽기 쉽게 썼는데. 사무원이고 인격자일 것 같아."

내가 대답했다.

홈즈는 고개를 가로저었다.

"이 긴 글자들을 보게. 얼마만큼 이상 올라와 있는 경우가 드물 잖나. 'd'가 'a'처럼 보이고, 'l'이 'e'처럼 보일 정도야. 고결한 인격의 소유자들은 항상 긴 글자를 뚜렷이 구별해서 써주거든. 비록 악 필처럼 보이는 한이 있어도 말일세. 그리고 이자가 쓴 'K'에선 우유 부단함이, 대문자에선 자만심이 엿보이는군. 나 이제 나가봐야겠네. 좀 찾아봐야 할 것이 있어. 자네 이 책 한번 읽어보게. 여태까지 나 온 책 중에서 가장 잘 쓴 축에 드는 책이지. 윈우드 리드의 『인간 수 난사』일세. 한 시간 뒤에 돌아오지."

나는 홈즈가 건네준 책을 들고 창가에 앉았다. 그러나 내 생각은 작가의 과감한 사유와는 동떨어진 곳을 헤매고 있었다. 내 마음을 점령한 것은 방금 다녀간 손님, 모스턴 양이었다. 그녀의 미소와 울 림이 풍부한 목소리, 그리고 그녀의 삶에 그늘을 드리운 이상한 사 건이 내 마음을 사로잡았다. 모스턴 양이 열일곱일 때 아버지가 실 종됐다면 그녀 나이 지금 스물일곱임에 틀림없다. 한창 좋을 때다. 젊은 시절의 자의식이 엷어지면서 경험을 쌓아 좀 더 침착해지는 시기 아닌가.

나는 앉아서 한동안 상상의 나래를 펴다가 위험한 생각이 떠오르 자 얼른 책상 앞으로 달려가 최신 병리학 논문에 코를 박았다. 주제 를 알아야지. 내가 누구인가? 다리를 다친 군의관, 재정 상태는 그 보다 더 걱정스럽다. 그런데 그런 것을 생각하다니? 모스턴 양은 문

제의 한 단위, 한 요소일 뿐이다. 내 미래가 암담하다면, 단순한 상
상으로 그것을 밝게 색칠하려고 노력하느니 남자답게 현실에 맞서
는 게 나을 것이다.

다섯시 반이 지나자 홈즈가 돌아왔다. 그는 밝고 활기에 넘쳤다. 지독한 우울증의 발작 뒤에는 항상 이렇게 고양된 상태가 찾아왔다.

"이 사건을 해결하는 데 큰 문제는 없는 것 같네."

홈즈는 내가 따라준 차를 홀짝홀짝 마시며 말했다.

"사실을 종합해 보면 가능성은 단 한 가지밖에 없어."

"뭐라고! 자네는 벌써 문제를 해결했단 말인가?"

"글쎄, 그렇게 말하면 좀 지나친 거고. 나는 그럴듯한 사실을 찾아냈네. 그뿐이야. 하지만 대단히 가능성이 높다네. 물론 자세한 내용은 채워 넣어야겠지. 나는 《타임스》의 기사철을 찾아보고 어퍼 노우드에 거주하는 봄베이 34보병 연대 출신의 숄토 소령이 1882년, 4월 28일에 사망했다는 사실을 알아냈네."

"홈즈, 내가 아주 둔한 건지 모르겠지만 대관절 그게 무슨 의미를 갖는지 모르겠네."

"그래? 그것참 놀랍군. 자, 그러면 이렇게 생각해 보게. 모스턴 대위가 실종됐네. 런던에서 그가 찾아갔을 만한 사람은 숄토 소령일세. 그런데 숄토 소령은 모스턴 대위가 런던에 온 줄도 몰랐다고 잡아뗐지. 4년 뒤에 숄토가 죽었어. 숄토가 사망한 지 일주일 안에 모스턴 양은 귀중한 선물을 받았네. 그리고 해마다 똑같은 선물을 받아오다가 '이제 당신은 피해자'라는 내용의 편지를 받게 되었네. 피해자라는 것이 아버지를 빼앗겼다는 것 말고 또 무엇을 의미하겠나? 그리고 숄토의 상속자가 모종의 비밀에 대해서 알게 되었다거나, 또는 모스턴 양에게 보상해 주려는 유지(遺志)를 받게 된 것이 아니라면, 숄토가 사망한 직후부터 선물이 배달되기 시작한 것을 어떻게 설명할 수 있겠나? 어때, 이렇게 말고 달리 설명할 수 있는 방법이 있을까?"

"하지만 보상치고는 참 희한하지 않은가? 그리고 보상을 해주는 방법도 얼마나 이상한가! 또 이런 편지를 6년 전이 아니라 지금 보내는 이유는 뭔가? 그리고 편지에서는 모스턴 양이 공정한 대접을 받아야 한다고 했는데, 공정한 대접이란 무엇을 말하는 거지? 모스턴 양의 부친이 아직 살아 있다고 보는 것은 지나친 상상일세. 그런데 모스턴 양의 경우에 아버지가 없는 것 말고 다른 불공평한 점은 없네."

"어렵군. 정말 어려워."

셜록 홈즈는 생각에 잠겨서 말했다.

"하지만 오늘 밤 거기 가면 모든 문제가 다 해결될 걸세. 아, 저기 모스턴 양이 탄 사륜마차가 오는군. 준비됐나? 그러면 얼른 내려가세. 약속한 시간이 벌써 약간 지났네."

나는 모자와 제일 묵직한 지팡이를 집어 들었다. 그런데 홈즈는 책상 서랍에서 리볼버를 꺼내 주머니에 집어넣고 있었다. 오늘 밤의 외출을 그리 가볍게 여기지 않는 게 틀림없었다.

모스턴 양은 짙은 색깔의 망토로 몸을 감싸고 있었다. 그녀의 민감한 얼굴은 침착하지만 창백해 보였다. 여자의 몸으로 이렇게 기이한 일을 앞두고 불안을 느끼지 않을 순 없겠지만, 그녀의 자제력은 완벽했다. 그녀는 셜록 홈즈가 몇 가지 질문을 했을 때도 시원스럽게 대답했다.

"숄토 소령은 아버지의 절친한 친구분이셨어요."

모스턴 양은 말했다.

"아버지가 쓰신 편지를 보면 소령에 대한 얘기밖에 없었지요. 두 분은 안다만 제도에서 같은 부대를 지휘하셨기 때문에 같이 있는 시간이 굉장히 많았다고 해요. 그런데 아버지 책상에서 이해하기 힘든 이상한 그림이 나왔답니다. 저는 그게 중요한 거라고 생각하진 않지만 그래도 홈즈 선생님이 보고 싶어 하실 것 같아서 가져왔지요. 이거예요."

홈즈는 종이를 조심스럽게 펴서 무릎에 펼쳐놓았다. 그리고 이중 렌즈로 요모조모 찬찬히 살펴보았다. 그가 말했다.

"인도산 종이입니다. 한동안 벽에 붙여놓은 적이 있군요. 종이의 그림은 수많은 홀과 복도, 출입구 들이 있는 거대한 건물의 일부를 그린 도면처럼 보입니다. 한 군데는 붉은 잉크로 작은 십자가 표시가 되어 있고, 그 위에 색 바랜 연필 글씨로 '왼쪽에서 3.37'이라고 쓰여 있습니다. 왼쪽 귀퉁이에는 십자가 네 개를 연달아 붙여놓은 듯한 묘한 표시가 있군요. 그 옆에는 갈겨쓴 글씨로 '네 사람의 서명―조너선 스몰, 마호메트 싱, 압둘라 칸, 도스트 아크바르'라고 쓰여 있습니다. 그래요, 솔직히 말하면 이 도면이 사건과 무슨 관련이 있는지는 잘 모르겠군요. 하지만 이건 중요한 문서임에 틀림없습니다. 앞뒷면이 다 깨끗한 걸 보니 지갑 속에 소중하게 보관돼 왔군요."

"예, 그건 아버지의 지갑 속에 들어 있었어요."

"그렇다면 모스턴 양, 잘 보관해 두십시오. 앞으로 필요할 때가 있을지 모르니까요. 이 사건은 처음에 생각했던 것과 달리 좀 더 복잡 미묘한 사건일지도 모르겠습니다. 생각을 다시 해봐야겠습니다."

홈즈는 좌석에 몸을 기댔다. 그는 생각에 골몰할 때 으레 그렇듯, 이마를 찌푸리고 있었고 눈은 텅 빈 듯했다. 모스턴 양과 나는 앞으로의 일에 대해 낮은 목소리로 이야기를 주고받았지만 홈즈는 목적지에 도착할 때까지 입을 굳게 다물고 있었다.

때는 9월 저녁이었고, 아직 일곱시도 되기 전이었지만 날씨는 음울하고 도시 전체가 짙은 안개로 뒤덮여 있었다. 서글픈 흙빛 구름이 질척한 거리를 이불처럼 덮고 있었다. 스트랜드가의 가로등은 흙투성이 포장도로 위로 뿌연 얼룩처럼 보이는 둥근 빛을 던졌다.

상점 창문에서는 노란 불빛이 흘러나와 희뿌연 대기를 물들이며 번잡한 거리에 흐린 빛을 퍼뜨렸다. 그 불빛 속을 유령처럼 스쳐 가는 사람들의 끝없는 행렬이 내 눈에는 다소 괴기스럽게 보였다. 슬픈 얼굴, 기쁜 얼굴, 여윈 얼굴, 명랑한 얼굴……. 모두가 다 그렇듯 이들은 어둠에서 빛으로, 그리고 다시 어둠으로 휙휙 나아갔다. 나는 본디 감상적인 인간은 아니지만 우리가 말려든 이상한 사건에다 우중충하고 서글픈 저녁 풍경으로 인해 마음이 불안하고 우울해졌다. 나는 모스턴 양의 표정을 보고 그녀 또한 나와 똑같은 감정을 느끼고 있다는 사실을 알 수 있었다. 홈즈만이 사소한 것들의 영향에서 벗어나 있었다. 그는 무릎에 노트를 펼쳐놓고 휴대용 랜턴 불빛에 의지하여 때때로 메모를 끼적거렸다.

라이세움 극장에 도착하니 양쪽 출입구에는 이미 사람들이 빽빽이 몰려서 있었다. 극장 앞에는 이륜마차와 사륜마차 들이 끊임없

이 밀려와 정장을 입은 남자들과 숄을 두르고 다이아몬드로 치장한 여인들을 부려놓고 있었다. 접선을 위해 세 번째 기둥을 향해 다가가는데, 마부 복장에 얼굴이 갈색으로 그을린 자그마하고 민첩한 사나이가 다가왔다.

"모스턴 양과 함께 온 분들이십니까?"

사내가 물었다.

"제가 모스턴이고 이쪽의 두 신사분은 제 친구입니다."

그녀가 말했다.

사내는 미심쩍은 듯 날카로운 눈초리를 우리에게 던졌다.

"실례합니다만……."

사내는 고집스러운 태도로 말했다.

"숙녀께서는 두 친구분이 경찰이 아니라고 맹세하실 수 있겠습니까?"

"맹세해요."

모스턴 양이 대답했다.

사내가 날카롭게 휘파람을 불자 부랑아 하나가 어느 사륜마차에 다가가 문을 열었다. 우리는 마차 안에 자리를 잡았고 사내는 마부석에 올라탔다. 우리가 자리에 앉자마자 마부는 말에 채찍질을 했고 마차는 안개 낀 거리를 질주하기 시작했다.

모든 게 이상하기 짝이 없었다. 우리는 알 수 없는 용건으로, 알 수 없는 곳을 향해 달려가고 있었다. 우리를 초대한 것은 완전히 장난일 수도 있지만 그럴 가능성은 적었고, 우리는 어떤 중요한 일이 기다리고 있으리라고 믿을 만한 충분한 근거가 있었다. 모스턴 양의 태도는 여느 때와 다름없이 의연하고 침착했다. 나는 아프가니스탄에서 겪은 모험에 대한 얘기로 그녀를 즐겁게 해주려 애썼다. 하지만 솔직히 말해서 나 자신이 우리가 처한 상황과 지금 가는 곳에 대한 궁금증으로 흥분해 있는 상태였으므로 내 이야기는 약간 헷갈렸다. 모스턴 양은 나중에, 내가 밤중에 텐트 속으로 소총이 들어온 걸 보고 2연발 총을 쏜 인상적인 일화를 얘기해 주었다고 확고한 어조로 안심시켜 주었다. 처음에 나는 마차가 어디를 달리고 있는지 알고 있었다. 그러나 마차의 속도와 안개, 런던의 지리에 대한 나의 협소한 지식 때문에 방향 감각을 잃어버렸고 우리가 아주 멀리 가고 있다는 것 외에는 알 수 없게 되어버렸다. 그러나 셜록 홈즈는 전혀 당황하지 않고 마차가 광장을 지나 꼬불거리는 골목으로 들고 날 때마다 그곳 이름을 말해 주었다.

"로체스터가, 여기는 빈센트 광장. 자, 이제는 복스홀 브리지로가 나옵니다. 지금은 서리 방면으로 향하고 있군요. 아, 그럴 줄 알았지. 우리는 지금 다리를 건너고 있습니다. 창밖으로 강이 보일 겁니다."

정말 창밖으로 템스 강이 지나가고 있었다. 넓고 고요한 강물 위로 가로등 불빛이 빛났다. 마차는 쉬지 않고 달려서 곧 강 건너편의 미로 같은 거리로 접어들었다.

"워즈워드로."

내 친구가 말했다.

"프라이어리로, 라크홀 길. 스톡웰관(館), 로버트가, 콜드하버 길.

우리가 가는 곳이 상류층의 주거 지역은 아닌 것 같군요."

우리는 정말 음침하고 수상쩍은 동네에 도착했다. 우중충한 벽돌 집들이 길게 늘어선 거리에서 눈에 띄는 거라곤 조잡하게 치장한 길모퉁이의 선술집뿐이었다. 그곳을 지나니 집 앞에 작은 화단이 붙어 있는 2층 저택들이 늘어선 거리가 나왔고, 그다음에는 새로 지은 큰 벽돌 건물들이 서 있는 거리가 나왔다. 그것은 대도시가 전원을 향해 뻗은 거대한 촉수처럼 보였다. 마차는 새로 조성한 주택 단지의 세 번째 집 앞에서 겨우 멈춰 섰다. 그곳 단지의 집들은 전부 비어 있었는데, 세 번째 집도 주방 쪽 창문에서 한 줄기 불빛이 흘러나오는 것을 빼면 이웃집처럼 어둡기는 마찬가지였다. 하지만 우리가 문을 두드리자 기다렸다는 듯이 문이 열리며 헐렁한 흰옷에 노란 띠를 두르고 노란 터번을 한 인도인 하인이 나타났다. 교외의 삼류 주택 단지의 소박한 문을 열어준 이 동양인은 어쩐지 그 집과는 어울리지 않는 느낌이었다.

"사힙(식민지 인도에서 백인 남자를 높여 부르던 호칭 ─ 옮긴이)께서 기다리고 계십니다."

하인이 말했는데, 그의 말이 채 끝나기도 전에 안쪽에 있는 방에서 누가 높고 새된 목청으로 소리 질렀다.

"키트무트가, 어서 들어오시라고 해라."

안에 있는 사내가 말했다.

"안으로 곧장 모셔라."

대머리 사나이의 이야기

우리는 인도인을 따라 형편없는 가구가 놓여 있는 어둡고 누추한 복도를 걸었다. 하인은 복도 끝에서 오른쪽에 있는 문을 활짝 열었다. 방 안에서 노란 불빛이 쏟아져 나왔고 불빛 한가운데 머리가 심하게 벗어진 키 작은 남자가 서 있는 게 보였다. 그의 빛나는 대머리는 마치 전나무 숲 위로 솟은 산봉우리처럼 보였는데 붉은 머리카락이 아래쪽에 빙 둘러 나 있었다. 그는 두 손을 끊임없이 뒤틀며 서 있었고 얼굴에는 쉴 없이 경련이 일어나는지 웃었다가 찡그렸다가를 반복하며 한순간도 가만히 있지 않았다. 원래 아랫입술이 늘어진 탓에 누렇고 울퉁불퉁한 치아가 훤히 들여다보였는데, 사내는 끊임없이 손을 들어 입을 가리려는 가냘픈 노력을 계속하고 있었다. 눈에 띄는 대머리임에도 그는 젊어 보였다. 알고 보니 갓 서른에 불과했다.

"어서 오십시오, 모스턴 양."

그는 가늘고 높은 목소리로 말했다.

"어서 오십시오, 신사분들. 저의 사실(私室)로 드시기를 청합니다. 작지만 제 취향대로 꾸며놓은 곳이지요. 남부 런던이라는 황량한 사막에 솟아난 예술의 오아시스올시다."

주인을 따라 들어간 방에서 우리 모두는 놀라움을 금치 못했다. 초라한 집에서 그 방은 구리 반지에 최상품 다이아몬드를 박아놓은 듯 어울리지 않았다. 벽에는 풍성하고 번쩍거리는 커튼과 태피스트리가 드리워져 있었는데, 이곳저곳 천을 걷어놓은 곳에 호화로운 액자에 끼운 그림이나 동양의 도자기가 놓여 있었다. 검은색과 황금빛이 조화된 카펫은 너무도 두껍고 푹신해서, 발로 밟을 때마다 이끼를 밟는 듯 상쾌한 기분이 들었다. 바닥에 비스듬히 깔린 커다란 호랑이 가죽 두 장과 구석의 깔개 위에 세워진 큰 물담뱃대는 동양적 사치의 느낌을 더해 주었다. 방 한가운데엔 비둘기 모양의 은제 램프가 보일락 말락 한 금줄에 묶여 매달려 있었다. 램프 불이 타면서 공기 중에 미묘한 향을 퍼뜨렸다.

"저는 새디어스 숄토라고 합니다."

작은 사내는 여전히 경련을 일으키듯 웃고 있었다.

"모스턴 양이시지요? 그리고 이쪽의 두 신사분은……."

"이분은 셜록 홈즈 선생님이고, 이분은 왓슨 박사님이십니다."

"그럼 의사 되십니까?"

사내는 흥분해서 소리 질렀다.

"지금 청진기를 갖고 오셨습니까? 부탁 하나 드려도 될까요? 저는 제 심장의 승모판에 중대한 문제가 있다고 생각하고 있습니다. 한번 봐주시지 않겠습니까? 저의 대동맥은 믿을 만합니다만, 승모판에 대해서는 박사님의 고견을 듣고 싶습니다."

나는 그의 소원대로 심음(心音)을 들어보았으나 별다른 이상은 발견하지 못했다. 그는 머리끝에서 발끝까지 떨고 있는 것으로 보아 몹시 흥분한 것이 틀림없었다. 내가 말했다.

"정상인 것 같군요. 걱정하실 필요는 없습니다."

"모스턴 양, 제 불안을 이해해 주시기 바랍니다."

주인은 쾌활하게 말했다.

"저는 몸이 상당히 안 좋은 데다가 오래전부터 심장 판막에 이상이 있을지도 모른다고 의심해 왔답니다. 하지만 괜찮다는 말을 들으니 기쁘군요. 모스턴 양, 부친께서도 심장에 부담을 주지만 않으셨어도 지금쯤 살아 계셨을 겁니다."

나는 그렇게 민감한 문제를 아무렇게나 언급하는 무감각함에 화가 치밀어서 그의 뺨이라도 올려붙이고 싶었다. 모스턴 양은 털썩 주저앉았다. 얼굴이 입술까지 하얗게 질렸다.

"저는 마음속으로 아버지가 돌아가셨을 거라고 생각하고 있었어요."

그녀는 말했다.

"제가 모든 사실을 다 말씀드리겠습니다."

대머리 사내는 말했다.

"그뿐만 아니라 저는 모스턴 양이 공정한 대접을 받게 해드릴 수 있습니다. 바솔로뮤 형이 뭐라고 하든 꼭 그렇게 할 겁니다. 친구분들과 함께 여기 오신 것을 정말 기쁘게 생각합니다. 두 분은 단순한 보호자일 뿐만 아니라 저의 행동에 대한 증인이 되어주십시오. 우리 셋이면 바솔로뮤 형에게 맞설 수 있을 겁니다. 하지만 외부인이 개입하는 일이 있어서는 안 됩니다. 경찰도 안 되고 관리도 안 됩니다. 우리 힘만으로도 모든 문제를 만족스럽게 해결할 수 있으니까요. 사건을 공개하는 것보다 더 형을 자극하는 일은 없을 겁니다."

그는 야트막한 의자에 앉아서 물기 어린 연약한 푸른 눈을 깜빡거리며 묻는 듯이 우리를 쳐다보았다. 홈즈가 말했다.

"제 입장을 말씀드린다면, 무슨 말씀을 하시든 일체 외부에 발설하지 않겠습니다."

나는 동의의 표시로 고개를 끄덕였다.

"좋습니다! 좋아요!"

새디어스 숄토가 말했다.

"모스턴 양, 이태리산 포도주 칸티를 한 잔 따라드릴까요? 아니면 형가리산 토케이로 할까요? 포도주는 그 두 가지뿐입니다. 병을 딸까요? 싫으시다고요? 그럼 좋습니다. 하지만 담배 연기를 맡는 것이라면 반대하지 않으실 줄 믿습니다. 동양 담배의 방향은 아주 좋으니까요. 저는 지금 약간 불안한 상태인데 물담뱃대가 귀중한 진정제의 역할을 해줄 겁니다."

그가 커다란 잔에 가느다란 양초를 집어넣자 장미수를 통해 기분

좋은 연기가 올라왔다. 우리 셋은 주위에 둘러앉아 상반신을 내민 채 손으로 턱을 받치고 있었고, 끊임없이 경련을 일으키는 야릇한 대머리 사나이는 가운데서 불안하게 연기를 들이마셨다. 새디어스 숄토는 말했다.

"제가 모스턴 양에게 이 얘기를 털어놓기로 결심했을 때, 저는 이 집 주소를 밝힐 수도 있었습니다. 하지만 숙녀분께서 제 요청을 무시하고 불쾌한 사람들을 데리고 올지도 모른다는 걱정이 들었지요. 그래서 저는 제 밑에서 일하는 윌리엄스가 여러분을 먼저 만나게 한 것입니다. 저는 윌리엄스의 판단력을 굳게 믿고 있지요. 그래서 만약 낌새가 이상하면 그 선에서 일을 마무리 지으라는 지시를 내렸습니다. 이렇게 경계하는 것이 죄송하긴 하지만 저는 조용한 생활을 즐기는 사람이고 취향이 세련됐다고 할 수도 있습니다. 사실 경찰보다 아름답지 못한 사람들은 없지요. 저는 천성적으로 모든 형태의 조야한 물질주의를 혐오한답니다. 저는 거친 대중들과 접촉하는 일도 거의 없습니다. 보시다시피 이렇게 우아한 분위기 속에서 살고 있지요. 굳이 이름을 붙인다면 저는 예술의 후원자라고도 할 수 있겠습니다. 그게 저의 약점입니다. 저 풍경화는 진품 코로입니다. 그리고 미술품 감정가들은 의혹의 눈길을 보낼지도 모르지만 저건 살바토르 로사이고요. 그리고 저쪽에 있는 건 의문의 여지 없이 부그로의 작품이지요. 저는 현대 프랑스 화가를 특히 좋아한답니다."

"실례지만 숄토 씨."

모스턴 양이 말했다.

"제가 여기 온 것은 숄토 씨가 제게 하고 싶은 말이 있는 줄 알았기 때문입니다. 시간이 많이 늦었습니다. 저는 가급적 빨리 얘기를 끝냈으면 합니다."

"제 얘기는 금방 끝납니다."

숄토가 대답했다.

"왜냐하면 우리는 노우드에 가서 바솔로뮤 형을 만나야 하니까요. 함께 가서 우리가 바솔로뮤 형을 이길 수 있는지 보기로 합시다. 바솔로뮤 형은 제가 마음대로 일을 꾸몄다고 해서 굉장히 화가 났습니다. 지난밤에도 둘이서 말다툼을 했지요. 형이 한번 화가 나면 얼마나 무서운지 상상도 못 하실 겁니다."

"우리가 노우드에 가야 한다면 한시라도 빨리 출발하는 게 낫지 않을까요."

이번에는 내가 말을 꺼냈다.

숄토는 귀까지 빨개질 정도로 웃어댔다. 그가 큰 소리로 외쳤다.

"제가 여러분을 이렇게 기습적으로 데리고 가면 형이 뭐라고 할지 모르겠군요. 하지만 거기 가기 전에 먼저 자초지종을 설명해 드려야 합니다. 우선 저 자신이 잘 모르는 이야기부터 해야겠군요. 저는 사실 제가 알고 있는 사실들만 말할 수 있을 뿐이지요.

여러분도 짐작하고 계시겠지만 저의 부친은 인도 육군에서 복무하신 존 숄토 소령이십니다. 부친께서는 11년 전에 퇴역한 뒤 어퍼 노우드의 퐁디셰리 저택에 주거를 정하셨습니다. 부친께서는 인도에서 일이 잘 풀리는 바람에 상당한 액수의 현금과 다량의 귀중한 골동품을 가지고 귀국하셨지요. 인도 출신 하인들도 함께 데리고 왔지요. 부친은 그 돈으로 집을 한 채 구입하셨고 아주 풍족하게 사셨습니다. 자식이라곤 쌍둥이 형제뿐이었지요. 그게 바로 저하고 바솔로뮤입니다.

저는 모스턴 대위가 행방불명됐을 때의 일을 자세히 기억하고 있습니다. 우리는 신문에서 사건 기사를 읽었는데 그분이 아버지의 친구라는 걸 알고 있었습니다. 그래서 부친 앞에서 거리낌 없이 그 사건에 대해서 이야기했지요. 우리 형제가 그 얘기를 할 때 아버지가 옆에 계시다가 간간이 참견하기도 했지요. 단 한 순간도 부친이 아서 모스턴의 운명에 관한 비밀을 가슴속에 묻어두고 있으리라고는 생각하지 못했습니다.

하지만 우리 형제는 아버지에게 어떤 위험이 다가오고 있다는 사실을 알게 되었지요. 부친께서는 혼자 외출하는 걸 극도로 꺼렸고 프로 권투 선수 둘을 퐁디셰리 저택의 수위로 앉혀두셨지요. 아까 여러분을 마차에 태워 온 윌리엄스가 그중 하납니다. 경량급 국내 챔피언을 지낸 사람이에요. 부친께서는 구체적으로 무엇을 두려워하는지는 말해 주지 않았지만 나무다리를 한 사내들을 극도로 혐오하셨습니다. 한번은 나무다리를 한 남자를 총으로 쏜 적도 있었는데, 알고 보니 그 사람은 물건을 팔러 온 죄 없는 장사꾼이었지요. 우리는 그 사람에게 입을 다무는 조건으로 거액의 돈을 집어줘야 했지요. 우리 형제는 그 일을 아버지의 변덕스러운 기분 탓으로 여겼지만 나중에 그렇지 않다는 걸 알게 되었습니다.

1882년 초에 부친께서는 인도에서 날아온 편지 한 통을 받고 큰 충격을 받으셨습니다. 부친은 아침 식탁에서 편지를 뜯어보시고 거의 혼절하다시피 하셨지요. 그리고 그날부터 시름시름 앓다가 돌아가셨습니다. 우린 그 편지를 읽어보지는 못했습니다. 하지만 부친이 편지를 들고 있는 동안 언뜻 보니 흘려 쓴 필체로 쓴 짧은 편지였어요. 부친은 비장이 커지는 병으로 몇 년째 고생하고 계셨는데 그 후부터 급격히 병세가 악화되었고 4월 말에는 더 이상 가망 없다는 판정을 받기에 이르렀습니다. 그러자 아버님은 유언을 남기기 위해 우리를 부르셨지요.

우리 형제가 아버지의 방에 들어가보니 부친께서는 베개를 고이고 똑바로 앉아서 숨을 몰아쉬고 계셨습니다. 아버지께선 문을 닫으라고 이르시고는 침대 머리맡으로 우리를 부르셨지요. 그리고 우리 형제의 손을 하나씩 잡으시고 중요한 말씀을 남기셨습니다. 감정이 북받치는 데다가 고통 때문에 아버님의 말소리는 자꾸만 끊어졌습니다. 저는 이제부터 아버지가 하신 말씀을 그대로 옮겨보겠습니다.

부친께선 이렇게 말씀하셨지요. '세상을 떠날 때가 되니 마음에 무겁게 얹혀오는 것이 하나 있구나. 그것은 고아가 된 모스턴의 가엾은 딸애를 푸대접한 일이니라. 내 평생을 따라다닌 저주받을 욕심 때문에 나는 응당 그 애에게 주어야 할 보물을 그대로 움켜쥐고 있었다. 보물의 절반은 사실 그 애에게 주어야 했다. 하지만 나는 아직 그 애의 몫을 쓰지는 않았다. 그토록 맹목적이고 어리석은 것이 탐욕이란 말이다. 그저 소유하고 있다는 것만으로도 너무 좋아서 나는 그것을 나누어주는 걸 견딜 수가 없었느니라. 키니네 병 옆의 진주가 박힌 금관을 보아라. 나는 저것을 그 애에게 보내줄 생각으로 저기 내놓았으면서도 남에게 준다는 걸 견딜 수가 없었다. 아들들아, 너희들은 그 애에게 아그라의 보물을 공평하게 나누어주어라. 하지만 내가 갈 때까지는 아무것도, 저 금관도 보내주지 마라. 결국, 사람이란 이렇게 나쁘다.'

'이제부터 모스턴이 죽은 경위에 대해 말해 주마.' 부친께서는 말씀을 계속하셨습니다. '그 친구는 오랫동안 심장이 나빠서 고생하고 있었지만 사람들한테 그 사실을 감추고 있었다. 나만 알고 있었

느니라. 그런데 인도에 있을 때, 그 친구와 나는 우여곡절 끝에 막대한 보물을 손에 넣게 되었다. 내가 그걸 영국으로 가져왔는데 모스턴은 귀국한 날 밤에 당장 여기 달려와서 제 몫을 요구했다. 모스턴은 기차역에서 여기까지 걸어왔는데 그 친구를 집으로 맞아들인 사람은 지금은 죽고 없는 충직한 하인 랄 초우다였지. 모스턴과 나는 보물의 분배 문제로 옥신각신 다투게 되었느니라. 그러다 모스턴은 벌컥 화를 내며 자리에서 일어섰는데 갑자기 옆구리를 움켜쥐더니 얼굴빛이 흙빛으로 변해 버렸다. 그리고 뒤로 넘어지면서 보물 상자 모서리에 머리를 부딪쳤지. 가서 들여다보니 끔찍스럽게도 이미 숨이 끊어져 있더구나.

한참 동안 나는 어찌할 바를 모르고 반쯤 넋이 나가 있었다. 물론 제일 먼저 떠오른 생각은 도와줄 사람을 불러야겠다는 거였다. 하지만 내가 살인죄를 뒤집어쓸 가능성이 높다는 생각이 들더라. 하필 나하고 싸우다가 죽은 것이며, 머리에 생긴 큰 상처가 다 나한테 불리하게 작용할 게 뻔했다. 게다가 경찰 조사를 받게 되면 보물에 관한 이야기를 털어놓을 수밖에 없는데 그건 정말 내가 비밀로 해 두고 싶었던 부분이었느니라. 모스턴은 자기가 여기 온 것은 아무도 모른다고 말했지. 그런데 굳이 사람들한테 알려야 할 이유가 없을 것 같았다.

어떻게 해야 하는지 계속 고민하고 있는데 문득 고개를 들어보니 하인 랄 초우다가 문 앞에 서 있는 게 보였다. 랄 초우다는 얼른 들어와서 방문을 닫고 이렇게 말했다. '사힙, 염려하지 마십시오. 사힙께서 사람을 죽였다는 걸 남한테 알릴 필요는 없습니다. 시체를 숨겨놓으면 누가 알겠습니까?' '나는 사람을 죽이지 않았다.' 나는 이렇게 말했지. 그러자 랄 초우다는 웃으며 고개를 가로저었어. '사힙, 저는 다 들었습니다. 두 분께서 싸우는 소리, 뭔가로 내려치는 소리도 들었지요. 하지만 저는 지금 보고 들은 것을 무덤까지 가져가겠습니다. 집 안 사람들은 다 자고 있습니다. 저랑 같이 시체를 치우셔야 합니다.' 랄 초우다의 말을 듣고 나는 결심을 굳혔느니라. 내 집의 하인도 내가 무죄라는 걸 믿지 않는데, 하물며 배심원석의 어리석은 장사치 열둘을 무슨 수로 설득하겠느냐? 나는 그날 밤 랄 초우다와 함께 시체를 치웠느니라. 그리고 며칠 뒤 런던의 신문에는 모스턴 대위의 행방불명에 관한 기사가 일제히 실렸다. 너희들은 이제 내가 그 일에 관해서는 아무 죄도 없다는 걸 알겠지. 내 잘못은 모스턴의 시신뿐 아니라 보물까지 감추고 모스턴의 몫까지 내 것으로 만들어버린 데 있다. 그래서 나는 너희들이 내 잘못을 보상하기를 원한다. 자, 이리 가까이 오너라. 보물을 숨겨놓은 곳은……'

바로 그 순간 부친의 표정이 무섭게 일그러졌습니다. 부친께서는 미친 사람 같은 눈으로 앞을 쳐다보고 입을 딱 벌리더니 평생 잊히지 않을 목소리로 고함을 지르셨지요. '저놈을 끌어내라! 저놈을 끌어내!' 우리 형제는 아버지가 보고 계신 곳을 뒤돌아보았습니다. 어두운 창밖에서 얼굴 하나가 방 안을 들여다보고 있었습니다. 코가 유리창에 눌려 있던 듯 코끝이 하얗게 변색된 게 보였지요. 수염투성이 얼굴에 잔인한 눈, 표정은 악의 화신 같았습니다. 형하고 나는 재빨리 창가로 달려갔지만 그자는 이미 사라지고 없었습니다. 다시 돌아와보니 부친은 고개를 떨군 채 숨이 끊어져 있었습니다.

그날 밤 우리는 정원을 샅샅이 뒤져보았지만 창문 바로 밑의 화단에 난 발자국 하나를 빼면 침입자의 흔적은 없었습니다. 하지만 그 발자국 하나만으로도 그 잔인하고 흉포한 얼굴을 다시 떠올릴 수 있었지요. 하지만 우리는 곧 비밀 요원이 가까운 곳에서 활약하고 있다는 충격적인 증거를 잡게 되었습니다. 다음 날 아침에 일어나보니 부친의 방 창문이 활짝 열려 있었고, 선반과 상자 들이 온통 뒤집힌 채 난장판이 되어 있었습니다. 그리고 아버지의 가슴에는 찢어진 종이 한 장이 놓여 있었는데 거기엔 '네 사람의 서명'이라는 글이 흘림체로 쓰여 있었지요. 그 글이 무엇을 의미하는지, 또는 아무도 모르게 거기 다녀간 손님이 누군지 우리는 끝내 알 수 없었습니다.”

키 작은 사나이는 말을 멈추고 물담뱃대에 다시 불을 붙인 다음 생각에 잠긴 얼굴로 담배 연기를 내뿜었다. 모두가 그의 기이한 이야기에 취해 있었다. 아버지의 죽음에 관한 얘기가 나왔을 때 모스턴 양은 죽은 사람처럼 창백해져서 나는 혹시 그녀가 기절하지나 않을까 걱정했다. 그러나 내가 탁자에 놓인 유리 주전자에서 조용히 물 한 잔을 따라주자 그녀는 그 물을 마시고 다시 기운을 차렸다. 셜록 홈즈는 멍한 얼굴로 눈을 반쯤 감은 채 의자에 몸을 기대고 있었다. 나는 그를 흘끗 쳐다보고 바로 오늘 아침에 그가 진부한 삶에 대해 쓰디쓴 어조로 한탄하던 일을 떠올리지 않을 수 없었다.

그런데 여기, 적어도 그의 지혜를 한껏 발휘하게 해줄 문제가 생긴 것이다. 새디어스 숄토는 우리를 차례로 쳐다보고는 자신의 이야기가 발휘한 효과에 한껏 고무된 듯했다. 그는 담배를 지나치게 많이 채운 파이프를 뻐끔거리면서 다시 말을 이었다.

"이미 짐작하셨겠지만, 우리 형제는 부친이 언급한 보물 때문에 굉장히 흥분했습니다. 우리는 보물을 찾아내기 위해 몇 달 동안 정원 구석구석을 파헤쳤습니다. 부친께서 보물을 숨겨놓은 곳을 말해주려던 바로 그 순간에 돌아가셨다는 걸 생각하면 정말 환장할 노릇이었지요. 우리는 아버지가 꺼내놓은 금관만 봐도 숨겨놓은 보물이 얼마나 귀중한 것인지 미루어 짐작할 수 있었습니다. 그 금관을 놓고 바솔로뮤 형과 나는 말다툼을 했습니다. 그 금관은 대단히 값나가는 물건임에 틀림없었는데 형은 그걸 남에게 주고 싶어 하지 않았습니다. 사실 형은 아버지의 단점을 고스란히 물려받은 사람이지요. 형은 또 우리가 그 금관을 숙녀에게 줄 경우 남들의 이목을 끌어서 결국은 말썽을 빚을 거라고 생각했습니다. 그래서 저는 모스턴 양의 주소를 알아내서 숙녀께서 최소한 궁핍감을 느끼지는 않도록, 일정한 간격을 두고 진주를 한 알씩 보내자는 선에서 형과 타협을 보았지요."

"사실 얼마나 고마웠는지 모른답니다."

모스턴 양이 성심껏 말했다.

"숄토 씨는 정말 친절하신 분이세요."

키 작은 사나이는 부리나케 손사래를 쳤다. 그가 말했다.

"우리는 모스턴 양의 재산 신탁인입니다. 제 생각은 그렇습니다. 물론 형의 생각은 전혀 다르지만 말입니다. 사실 우리한테 돈은 많습니다. 저는 더 이상은 바라지도 않아요. 게다가 나이 어린 숙녀를 그렇게 비열하게 대접하는 것은 예의가 아니라고 생각했습니다. '부도덕한 성향은 범죄로 이어지게 마련이다.' 프랑스 사람들은 그런 문제를 이렇게 한마디로 정리했지요. 형하고 그 문제에 대한 견해 차이가 너무 커져서 저는 따로 나가 사는 게 낫겠다고까지 생각하게 되었습니다. 그래서 저는 키트무트가와 윌리엄스를 데리고 퐁디셰리 저택을 나왔지요. 그런데 어제 저는 굉장히 중요한 소식을 듣게 되었습니다. 보물이 발견된 겁니다. 저는 곧 모스턴 양에게 편지를 띄웠지요. 이제 남은 일은 노우드로 가서 우리 몫을 찾는 것입니다. 저는 어젯밤에 형에게 제 생각을 설명했습니다. 그래서 형은 우리가 간다는 걸 알고 있을 겁니다. 물론 우릴 환영해 주진 않겠지만 말입니다."

새디어스 숄토는 말을 멈추고 호화로운 의자에 앉아 몸을 뒤틀고 있었다. 일이 예상외의 방향으로 발전되자 우리는 말없이 생각에 잠겼다. 제일 먼저 자리를 박차고 일어선 것은 홈즈였다.

"숄토 씨, 처음부터 끝까지 아주 잘하셨습니다."

홈즈는 말했다.

"우리는 가려진 진실을 밝혀냄으로써 숄토 씨에게 작은 보답을 해드릴 수도 있습니다. 하지만 방금 모스턴 양이 말했듯이 시간이 늦었으니 지체 없이 출발하는 게 낫겠군요."

우리의 새 친구는 아주 조심스럽게 물담뱃대의 튜브를 말았다. 그리고 커튼 뒤에서 아스트라한(천에 꼬불꼬불하게 말린 털을 짜 넣은 직물 — 옮긴이) 칼라가 달린 아주 긴 외투를 입었다. 시간이 없는데도 그는 외투에 달린 그 많은 단추를 일일이 다 채운 다음 귀 덮개가 달린 토끼 가죽 모자를 눌러쓰는 것으로 성장을 끝냈다. 이제 그의 몸에서 밖으로 드러난 부분은 신경질적으로 실룩거리는 야윈 얼굴뿐이었다.

"제 건강 상태가 과히 좋지 않습니다."

새디어스 숄토는 앞장서 복도를 걸으며 말했다.

"그래서 몸 생각을 안 할 수가 없지요."

마차가 밖에서 대기하고 있었다. 마부가 행선지를 묻지도 않고 재빨리 마차를 출발시키는 것으로 보아 일정을 미리 정해 놓은 것이 틀림없었다. 새디어스 숄토는 마차 바퀴 소리보다 더 높이 올라가는 고음으로 쉴 새 없이 말을 쏟아냈다.

"형은 머리가 좋아요. 형이 어떻게 보물을 찾아냈는지 아십니까? 형은 보물을 숨겨놓은 곳은 집 안이라는 결론을 내렸지요. 그래서 방이란 방은 다 찾아다니면서 일일이 크기를 쟀답니다. 2센티미터라도 숨겨진 부분이 있나 찾아보려고요. 집의 높이는 22미터였어요. 그런데 집 안의 모든 방의 높이와 구멍을 뚫어서 확인한 방 사이의 공간을 다 합쳐도, 높이가 21미터를 넘지 않는다는 사실을 알아냈지요. 어딘가 1미터가 숨어 있는 겁니다. 그것은 지붕 밑 어딘가일 수밖에 없지요. 그래서 형은 제일 높은 곳에 있는 다락방 천장에 구멍을 뚫었답니다. 그리고 구멍을 통해 올라가보니 작은 공간이 나왔지요. 그곳은 완전히 폐쇄된 공간이었는데, 그런 곳이 있다는 걸 그동안 아무도 몰랐습니다. 그리고 방 한가운데 보물 상자가 놓여 있었어요. 대들보 두 개 위에 걸쳐져서 말입니다. 형은 천장에 뚫은 구멍으로 보물 상자를 끌어 내렸습니다. 계산해 보니 그 속에 든 보석의 가치가 못해도 50만 파운드는 될 거랍니다."

어마어마한 액수를 듣고 우리는 눈을 동그랗게 뜨고 서로의 얼굴만 쳐다보았다. 모스턴 양은, 자신의 권리를 찾을 수만 있다면 일개 가난한 가정 교사에서 영국의 가장 부유한 상속녀로 변신할 것이다. 진정한 친구라면 그런 소식을 듣고 함께 기뻐하는 것이 당연했다. 하지만 부끄럽게도 이기적인 생각에 사로잡힌 나는 마음이 납덩이처럼 무거워지는 것을 느꼈다. 나는 더듬거리며 몇 마디 축하의 말을 두서없이 건네고 고개를 떨군 채 앉아 있었다. 새 친구가 지껄이는 말은 귀에 들어오지도 않았다. 새디어스 숄토는 고질적인 건강 염려증 환자임에 틀림없었다. 나는 꿈을 꾸는 듯한 상태에서 그가 자신의 증상을 쉼 없이 늘어놓고 헤아릴 수 없이 많은 엉터리 특효약의 성분과 작용에 대한 질문을 퍼붓는 것을 의식했다. 그는 그런 약을 일부 구해서 가죽 상자에 보관해 놓고 있다고 말했다. 나는 그날 밤 내가 한 대답을 그가 전혀 기억하지 못하기를 바란다. 옆에서 내 대답을 들었던 홈즈의 증언에 따르면, 나는 아주까리기름을 두 방울 이상 사용하면 극히 위험하다고 경고하는가 하면, 다량의 스트리크닌(중추신경계에 작용하는 알칼로이드로 다량을 복용하

면 사망한다 ——옮긴이)을 진정제로 사용할 것을 권했다고 한다. 어
찌 됐든 마차가 덜컹하고 멈춰 서며 마부가 뛰어내려 문을 열어준
덕분에 나는 가까스로 구원받았다.

"모스턴 양, 여기가 바로 퐁디셰리 저택입니다."

새디어스 숄토가 숙녀에게 손을 내밀며 말했다.

퐁디셰리 저택의 비극

우리가 밤의 모험의 마지막 단계에 이른 것은 거의 열한시가 다 된 시각이었다. 대도시의 축축한 안개는 걷히고 밤은 아주 맑았다. 따뜻한 바람이 서쪽에서 불어오며 무거운 구름장이 서서히 물러났다. 반달이 구름 틈새로 이따금씩 얼굴을 내밀었다. 시야는 나쁘지 않았지만, 새디어스 숄토는 우리가 가는 길을 비춰주기 위해 마차의 옆 등불을 하나 내렸다.

퐁디셰리 저택은 높은 돌담으로 둘러싸인 채 묵묵히 웅크리고 있었다. 돌담 꼭대기에는 깨진 유리 조각이 꽂혀 있고 단 하나의 출입구는 무쇠 빗장이 달린 좁은 외짝 문이었다. 숄토는 우체부처럼 기묘한 방식으로 문을 두드렸다.

"누구요?"

안에서 퉁명스러운 목소리가 들려왔다.

"나야, 맥머도. 이제 내 노크 소리를 구별할 때가 됐지 않았나?"

안에서 뭐라고 툴툴거리는 소리와 함께 열쇠가 절그럭거리는 소리가 들려왔다. 묵직한 문이 열리면서 키가 작고 상체가 유난히 발달한 사나이가 나왔다. 랜턴의 노란 불빛이 그의 우락부락한 얼굴과 경계하는 듯한 눈을 비춰주었다.

"새디어스 도련님? 하지만 그 뒤에 있는 사람들은 누구요? 난 주인님한테서 아무 지시도 듣지 못했는데."

"뭐라고? 거참 이상하군! 나는 어젯밤에 형한테 친구들을 데리고 올 거라고 말했는데."

"주인님은 오늘 방에서 한 발짝도 나오지 않으셨소. 아무 지시도 없었고요. 잘 아시겠지만 난 규칙을 지켜야 하오. 도련님은 들여보낼 수 있지만 친구분들은 밖에서 기다려야겠소."

예상치 않은 난관을 만난 셈이었다. 새디어스 숄토는 당황한 얼굴로 주위를 둘러보았다.

"맥머도! 나한테 그러면 안 되지! 이분들에 대해선 내가 보증할게. 그럼 되잖아. 그리고 여기 숙녀분도 계시네. 숙녀분을 이 시간에 길거리에 세워놓을 순 없어."

"새디어스 도련님, 정말 미안하외다."

수위는 조금도 누그러지는 기색이 없었다.

"거기 계신 친구들이 도련님의 친구인지는 모르지만 우리 주인님의 친구는 아니오. 주인님께서 나를 후하게 대접해 주시는데 나도 임무를 다해야지요. 도련님의 친구들 중에서 내가 아는 얼굴은 아

무도 없소.”

“맥머도, 그렇지 않네.”

셜록 홈즈가 쾌활한 목소리로 외쳤다.

“자네가 벌써 나를 잊었을 리 없지. 4년 전 앨리슨 하숙에서 자네
와 3라운드를 겨룬 아마추어 권투 선수를 기억하고 있나?”

“셜록 홈즈 씨 아니십니까!”

프로 권투 선수가 걸걸한 목소리로 고함쳤다.

“그렇군요! 내가 어떻게 당신을 잊을 수가 있겠습니까? 거기 그
렇게 조용히 서 있는 대신에 썩 나서서 내 턱에 어퍼컷이라도 날렸
다면 당장 알아보았을 텐데요. 그럼요, 당신은 아까운 재능을 썩힌
케이스였지요. 그렇고말고요! 권투 동호회에 가입했다면 지금쯤 상

당히 이름을 날렸을 텐데."

"왓슨, 잘 들었지? 이것도 저것도 안 될 때 그래도 내가 택할 수 있는 직업은 있다네."

홈즈는 껄껄 웃으며 말했다.

"이제 우리를 이 추위 속에서 떨게 하지는 않을 테지."

"어서 들어오세요, 어서. 도련님이랑 친구분들이랑 같이."

수위는 대답했다.

"새디어스 도련님, 정말 미안하게 됐수다. 하지만 주인님의 분부가 원체 지엄해 놔서. 나는 도련님 친구가 정말 맞는지 확인한 다음에 들여보내야 했소."

안으로 들어가니, 자갈길 하나가 황량한 정원을 가로질러 단조로운 사각의 건물까지 이어져 있었다. 달빛이 저택의 한쪽 귀퉁이를 비추며 다락방 창문에 빛을 뿌리고 있을 뿐 집은 온통 어둠 속에 잠겨 있었다. 어둠 속에서 죽음 같은 정적에 휩싸여 있는 거대한 건물을 보니 오싹 한기가 느껴졌다. 새디어스 숄토조차 불안한 듯 랜턴을 든 손을 떨고 있었다.

"이럴 리가 없는데."

그는 말했다.

"뭔가 이상해요. 나는 형한테 오늘 여기 올 거라고 분명히 말했는데 형의 방에는 불도 안 켜져 있군요. 도대체 어떻게 된 건지, 원."

"형은 항상 이런 식으로 집을 경비하십니까?"

홈즈가 물었다.

"예, 형은 부친의 방식을 그대로 따르고 있습니다. 형은 아버지의 총애를 한 몸에 받는 아들이었지요. 아버지가 저보다는 형한테 더 많은 얘기를 해주었을지 모른다는 생각을 가끔씩 하곤 한답니다. 저 2층의 달빛이 반사된 창문이 바로 바솔로뮤의 방이지요. 창문이 아주 훤하긴 하지만 방 안에 불이 켜진 것 같지는 않아요."

"옳습니다."

홈즈가 말했다.

"하지만 현관 옆의 작은 창문에서 흘러나오는 불빛이 보이는군 요."

"아, 저기는 가정부 방입니다. 번스톤 부인이 기거하는 곳이지요. 부인한테 어떻게 된 건지 물어봐야겠어요. 그런데 여기서 잠깐만 기다려주시겠습니까? 우리가 한꺼번에 들어가면 아무것도 모르는 번스톤 부인이 놀랄지도 모르니까요. 그런데 쉿! 저게 무슨 소리지 요?"

새디어스 숄토는 등잔을 높이 들어 올렸다. 그의 손이 덜덜 떨리는 바람에 둥근 등잔 불빛이 바닥에서 이리저리 흔들렸다. 모스턴 양이 내 팔을 붙들었고 우리는 귀를 쫑긋 세웠다. 가슴이 사정없이 방망이질 쳤다. 적막한 밤중에 어둠 속에 웅크리고 있는 큰 집에서 가슴 저미도록 슬픈 울음소리가 토막토막 흘러나왔다. 겁에 질린 여인이 높은 목소리로 흐느끼고 있었다. 숄토가 말했다.

"번스톤 부인이군요. 집에 여자라곤 가정부뿐이니까. 잠깐 기다 리세요. 금방 들어갔다 나오겠습니다."

숄토는 서둘러 현관으로 다가가서 아까처럼 문을 두드렸다. 키가 크고 늙수그레한 여인이 문을 열고 그를 맞아들였다. 그를 보고 가정부는 무척이나 기쁜 듯했다.

"오, 새디어스 도련님. 이렇게 와주시니 얼마나 기쁜지 모르겠어요! 도련님 얼굴을 보니 그래도 마음이 놓이네요!"

가정부는 문을 닫을 때까지 똑같은 소리를 반복했고, 문이 닫히자 그녀의 목소리는 잘 들리지 않았다.

홈즈는 숄토가 놓고 간 등잔을 들고 날카로운 눈으로 정원 이곳저곳을 살폈다. 여기저기에 흙무더기가 높다랗게 쌓여 있었다. 모스턴 양과 나는 손을 꼭 잡고 서 있었다. 사랑이란 놀랍고 불가사의한 것이다. 우리는 그날 처음 만난 사이였고, 그때까지 애정이 담긴 말이나 눈길을 주고받은 적이 없었지만 재난의 시기에 우리는 본능적으로 서로의 손을 찾았다. 지나고 나서 생각하니 그때 일이 놀랍기 짝이 없었지만 그 당시에는 내가 그녀의 손을 잡는 것은 지극히 자연스러운 일로 생각되었다. 그리고 모스턴 양이 나중에 한 말에 따르면 그녀 또한 그 순간에는 아주 본능적으로 위안과 보호를 찾아서 내게 기대었다는 것이다. 그래서 우리는 아이들처럼 손을 꼭 잡고 서 있었고, 알 수 없는 것들에 둘러싸여 있으면서도 마음은 지극히 평화로웠다.

"정말 이상한 집이에요!"

모스턴 양이 주위를 둘러보며 말했다.

"영국에 있는 두더지란 두더지는 다 여기로 몰려왔나 봅니다. 나는 오스트레일리아 발라라트 근처의 어느 산기슭에서 이와 비슷한 광경을 본 적이 있습니다. 광맥을 탐사하는 사람들이 땅을 온통 파헤쳐놓았던 거지요."

"여기도 그곳과 다르지 않네."

홈즈가 말했다.

"이 흙무더기는 보물 찾는 사람들이 남겨놓은 흔적이야. 이 집 형제가 6년 동안 보물을 찾아 헤맸다는 걸 생각해 보게. 땅이 자갈 채취장처럼 보이는 게 전혀 이상한 일이 아니지."

그 순간 현관문이 벌컥 열리면서 새디어스 숄토가 두 팔을 벌리고 뛰어나왔다. 그의 눈은 공포에 질려 있었다.

"형한테 무슨 일이 생겼습니다!"

숄토는 외쳤다.

"너무 무서워요! 내 신경은 견뎌내지 못할 겁니다."

그는 정말 공포에 질려 울음이 터질 지경이었다. 아스트라한 칼라에 폭 파묻힌 채 경련을 일으키고 있는 허약한 얼굴에는 무서워하는 아이 같은, 무력하게 애원하는 듯한 표정이 떠올라 있었다.

"집에 들어가봅시다."

홈즈가 단호한 어조로 말했다.

"예. 그렇게 해주세요!"

새디어스 숄토가 호소하듯 말했다.

"저는 이제 집 안내도 못 할 것 같습니다."

우리는 숄토의 뒤를 따라 통로 왼쪽에 있는 가정부의 방으로 들어갔다. 늙수그레한 여인이 겁에 질린 얼굴로 연신 두 손을 쥐어짜며 방 안을 오락가락하고 있었다. 그러나 모스턴 양이 나타나자 퍽이나 안심이 되는 눈치였다.

"아이고, 어쩌면 이렇게 예쁘고 조용한 얼굴이 다 있을까!"

가정부는 신경질적으로 흐느끼며 외쳤다.

"아가씨를 보니 마음이 가라앉는 것 같군요. 아, 오늘은 정말 힘든 날이었어요!"

모스턴 양은 일에 거칠어진 여윈 손을 쓰다듬으며 여자답게 상냥한 위로의 말을 몇 마디 건넸다. 그러자 가정부의 얼굴에는 화색이 돌았다.

"주인님은 하루 종일 문을 잠그고 방에 틀어박힌 채 아무리 불러도 대답이 없으셨답니다."

가정부는 설명했다.

"나는 하루 종일 무슨 말이 있을 때까지 기다렸지요. 주인님은 혼자 있고 싶어 하는 때가 자주 있었으니까요. 그러다가 무슨 일이 생겼으면 어쩌나 하고 걱정이 돼서 한 시간 전에 2층으로 올라가서 열쇠 구멍으로 안을 들여다보았지요. 새디어스 도련님, 어서 올라가보세요. 올라가서 직접 확인해 보세요. 저는 10년을 한결같이 바솔로뮤 숄토 주인님을 모셔왔지만 주인님이 그런 얼굴을 하고 있는 건 처음 보았답니다."

셜록 홈즈가 등잔을 들고 앞장섰다. 새디어스 숄토는 이를 딱딱 마주치고 있었다. 그가 너무도 떨었기 때문에 나는 계단을 오를 때 그의 겨드랑이에 팔을 끼고 부축해 주지 않으면 안 되었다. 그는 다리를 후들후들 떨고 있었다. 계단을 올라가는 동안 두 번, 홈즈는 날랜 솜씨로 주머니에서 돋보기와 줄자를 꺼내 들고 계단에 카펫 대용으로 깔아놓은 야자 돗자리 위의 아무 특징 없는 먼지 얼룩(내게는 그렇게 보였다.)을 자세히 살폈다. 그는 등잔불을 낮춰 들고 한 계단, 한 계단, 천천히 올라가며 좌우로 날카로운 시선을 던졌다. 모스턴 양은 겁에 질린 가정부와 함께 뒤에 남았다.

2층에 올라가자 직선의 복도가 나왔다. 복도 오른쪽에는 커다란 인도산 태피스트리 그림이 걸려 있었고 왼쪽에는 세 개의 문이 늘어서 있었다. 홈즈가 앞장서서 한결같이 느린 걸음으로 좌우를 살피며 나아갔고 우리는 그 뒤를 따랐다. 그리고 우리들의 어두운 그림자가 복도에 길게 누운 채 따라왔다. 우리는 세 번째 문으로 다가갔다. 문을 두드려도 아무 대답이 없자 홈즈는 문손잡이를 비틀어서 억지로 열려고 했다. 그러나 방문은 안에서 잠겨 있었다. 등잔불을 가까이 비추자 안쪽에서 넓고 튼튼한 빗장을 질러놓은 게 보였다. 그러나 열쇠 구멍이 뚫려 있었다. 셜록 홈즈는 허리를 굽히고 열쇠 구멍에 눈을 갖다 대더니 곧 헉 하고 짧은 숨을 토해 내며 일어섰다.

"왓슨, 이 안에 뭔가 사악한 것이 있네."

홈즈는 보기 드물게 동요한 얼굴로 말했다.

"한번 보겠나?"

열쇠 구멍에 눈을 갖다 댄 나는 두려움에 몸이 오그라드는 느낌이었다. 달빛이 흘러들어 방 안은 휘영청 밝았다. 그런데 얼굴 하나가 허공에서 나를 똑바로 바라보고 있었다. 어둠 속에 떠 있는 얼굴은 바로 새디어스 숄토의 얼굴이었다. 똑같이 반짝거리는 대머리에, 아래쪽에 둥글게 난 똑같은 붉은 머리, 똑같이 창백한 얼굴. 하지만 그 얼굴은 무시무시한 미소를 띠고 있었다. 영원히 굳어버린 부자연스러운 미소는 달빛 가득한 고요한 방에서 찡그리거나 인상 쓴 표정보다 더 끔찍하게 보였다. 그 얼굴이 우리의 작은 친구와 너무 닮아서 나는 새디어스 숄토가 정말 옆에 있는지 확인하기 위해 옆을 돌아보지 않을 수 없었다. 문득 그가 자신들이 쌍둥이 형제라고 말한 것이 생각났다. 나는 홈즈에게 말했다.

"정말 끔찍하군! 이제 어떻게 해야 하지?"

"문을 부숴야겠어."

홈즈는 대답하고 체중을 실어서 힘껏 문을 밀었다.

문은 삐걱거리긴 했지만 열리지는 않았다. 이번에는 우리 둘이서 힘껏 몸을 부딪쳤다. 그러자 문은 쾅 소리를 내며 열렸고 우리는 바솔로뮤 숄토의 방으로 뛰어들어 갔다.

그 방은 화학 실험실처럼 보였다. 문 맞은편 벽에는 유리 뚜껑을 씌운 병들이 두 줄로 세워져 있었고, 탁자 위에는 분젠 가스램프와 시험관, 증류기가 아무렇게나 흩어져 있었다. 구석에는 여러 개의 고리버들 바구니에 산성 물질을 보관하는 대형 유리병들이 담겨 있었다. 그중 하나가 새거나 깨어진 듯 검은 액체가 한 줄기 흘러나와 있었고, 공기 중에는 타르 같은 자극적이고 강한 냄새가 퍼져 있었다. 방 한쪽에는 벽토 부스러기가 쌓여 있었는데 그 옆에 사다리가 하나 놓여 있었다. 사다리 위의 천장에는 사람 하나가 드나들 만한 정도의 구멍이 뚫려 있었다. 사다리 밑에는 기다란 밧줄 하나가 아무렇게나 버려져 있었다.

집주인은 탁자 옆의 안락의자에 앉아 있었다. 그는 유령 같은 불가사의한 미소를 머금은 채 왼쪽 어깨 너머로 고개를 늘어뜨리고 있었다. 사망 후 시간이 많이 경과한 듯 몸이 차갑고 뻣뻣했다. 내가 보기엔 얼굴뿐 아니라 팔다리도 형언하기 힘들 만큼 기괴한 모양으로 뒤틀리고 꼬여 있는 것 같았다. 그는 한 손을 탁자 위에 올려놓고 있었는데 그 옆에는 이상하게 생긴 갈색 지팡이 하나가 놓여 있었다. 결이 고운 나무로 만들어진 그 지팡이에는 망치처럼 생긴 돌멩이가 거친 노끈으로 친친 동여매여 있었다. 그 옆에는 노트에서 한 장 뜯어낸 듯한 종이에 뭔가가 휘갈겨져 있었다. 홈즈는 그것을 슬쩍 살펴보고 내게 건네주었다.

"보게나."

홈즈는 의미 있게 눈을 끔쩍하며 말했다.

나는 전등 불빛에 의지하여 거기 쓰여 있는 글을 읽었다. 머리카락이 쭈뼛 곤두섰다.

'네 사람의 서명.'

"맙소사, 도대체 이게 무슨 뜻이지?"

나는 물었다.

"그것은 살인을 의미하네."

홈즈는 죽은 사람을 살펴보며 말했다.

"아하! 그럴 줄 알았지. 여길 좀 보게!"

홈즈가 손가락질하는 곳을 보니 귀 바로 위에 길쭉한 검은색 바늘 같은 것이 꽂혀 있었다.

"무슨 침같이 생겼군."

나는 말했다.

"침일세. 뽑아도 되네. 하지만 독이 묻어 있으니 조심하게."

나는 침을 두 손가락으로 잡고 살그머니 잡아당겼다. 침은 쑥 뽑혀 나왔고 거의 아무런 자국도 남기지 않았다. 침이 빠져나온 부위에 극미량의 혈액이 보일락 말락 하게 묻어 있을 뿐이었다. 내가 말했다.

"모든 게 다 의문투성이군. 시간이 갈수록 더 헷갈리네그려."

"아닐세."

홈즈가 대답했다.

"갈수록 더 분명해지네. 몇 가지 빠진 고리만 찾아내면 사건을 완전히 설명할 수 있겠어."

우리는 방에 들어간 다음부터 새디어스 숄토의 존재에 대해서는 까맣게 잊고 있었다. 그는 공포에 사로잡힌 채 여전히 문 앞에 서서 두 손을 쥐어짜며 신음하고 있었다. 그러다 갑자기 날카롭게 고함을 쳤다.

"보물이 사라졌다!"

새디어스 숄토는 외쳤다.

"그자들이 보물을 훔쳐 갔습니다! 우리는 저 구멍으로 보물을 꺼냈지요. 형이 보물을 꺼내는 걸 제가 도와줬어요! 형을 마지막으로 본 사람은 접니다! 지난밤에 이 방을 나와서 계단을 내려갈 때 나는 형이 안에서 문 잠그는 소릴 들었어요."

"그게 몇 시쯤이었지요?"

"열시였습니다. 그런데 지금 형은 죽어 있는 거예요. 경찰이 온다면 날 의심할 겁니다. 아, 그래요. 그건 보나 마나예요. 하지만 두 분은 그렇게 생각하지 않으시겠지요? 설마 제가 범인이라고는 생각하지 않으실 겁니다, 그렇죠? 제가 범인이라면 왜 여러분을 여기로 데리고 오겠습니까? 오, 하느님! 오, 하느님! 난 정말 미쳐버릴 거예요!"

새디어스 숄토는 두 팔을 부들부들 떨며 발작적으로 발을 쿵쿵

굴렀다.

"숄토 씨, 걱정하실 것 없습니다."

홈즈는 그의 어깨에 손을 올려놓고 부드럽게 말했다.

"제 말대로 경찰서에 찾아가서 신고하십시오. 그리고 경찰 수사에 백방으로 협조하세요. 우리는 숄토 씨가 올 때까지 여기서 기다리고 있겠습니다."

작은 사나이는 넋이 나간 상태로 고분고분 홈즈의 말에 따랐다. 그가 어둠 속에서 뒤뚱거리며 계단을 내려가는 소리가 들려왔다.

"자, 왓슨."

홈즈는 두 손을 비비며 말했다.

"우리한테는 30분 정도의 여유가 있네. 그 시간을 잘 이용해 보도록 하지. 아까 말했듯이 나는 사건의 전모를 대충 파악했네. 하지만 과신은 금물일세. 지금 보기에는 간단한 사건처럼 보이지만 배후에 어떤 흑막이 숨겨져 있는지도 모르지."

"간단하다고!"

나는 불쑥 말했다.

"물론일세."

그는 학생들 앞에서 강의하는 임상 교수처럼 말했다.

"발자국으로 사건 현장을 어지럽히면 안 되니까 그 구석에 가만히 앉아 있게. 자, 시작해 볼까? 우선, 범인들은 어디로 들어와서 어디로 나갔을까? 방문은 어젯밤부터 잠겨 있었네. 창문은 어떨까?"

홈즈는 혼잣말을 하듯 큰 소리로 중얼거리면서 등잔불을 들고 창가로 다가갔다.

"창문은 안쪽에서 잠겨 있군. 창틀도 튼튼하고 말이야. 한번 열어 볼까. 근처에 배수관도 없군. 지붕에서는 아주 멀고. 하지만 누군가 창문으로 들어왔군. 지난밤에 비가 조금 내렸는데 창틀에 발자국이 남아 있어. 이쪽에는 흙이 동그랗게 묻어 있군. 그리고 여기 바닥에도 또 여기 탁자 옆에도. 왓슨, 이것 좀 보게! 이건 정말 멋진 증거일세."

나는 또렷하게 찍혀 있는 둥근 흙 자국을 바라보았다.

"이건 발자국이 아닌데."

나는 말했다.

"그래서 이건 한층 더 귀중한 것이 되지. 이건 나무다리 자국일세. 여기 창틀에 발자국이 찍혀 있는 거 보이지? 이건 신발 뒤축에 두꺼운 금속을 댄 무거운 구두 발자국일세. 그런데 그 옆에 나무다리 자국이 찍혀 있네."

"나무다리를 한 사람이군."

"바로 그거야. 하지만 사람이 하나 더 있었어. 아주 날렵하고 힘이 좋은 녀석이야. 왓슨, 자네는 그 벽을 기어오를 수 있겠나?"

나는 창밖을 내다보았다. 달은 여전히 집의 모서리를 밝게 비추고 있었다. 지면에서 이곳까지 넉넉히 18미터는 될 것 같았다. 여기서 보니 벽에 틈이나 발판 따위는 보이지 않았다.

“도저히 안 되겠는데.”

나는 대답했다.

“누군가의 도움이 없으면 그렇지. 하지만 공범이 먼저 들어와서 저 구석에 있는 굵은 동아줄을 내려주었다고 가정해 보게. 동아줄 한끝은 벽의 이 커다란 고리에 단단히 묶어놓고 말이야. 그러면 아무리 나무다리를 했어도 웬만큼 몸이 날래다면 충분히 기어오를 수 있었을 걸세. 물론 나갈 때도 똑같은 방법으로 나갔겠지. 그다음에 공범이 밧줄을 끌어 올려서 매듭을 풀어놓은 다음 창문을 잠근 거야. 그리고 자기는 원래 들어왔던 방식대로 나갔겠지. 또 한 가지 사소한 사실을 지적한다면…….”

홈즈는 밧줄을 만지작거리며 말했다.

“나무다리를 한 친구는 올라올 때는 어땠는지 몰라도 내려갈 때는 형편없었네. 그 친구의 손은 굳은살 하나 없이 부드럽군. 확대경으로 살펴보니 두어 군데 핏자국이 눈에 띄네. 특히 밧줄 끝 부분에서 말일세. 내 생각에는 밧줄을 타고 서둘러 내려가다가 손바닥이 벗겨진 것 같아.”

“거기까지는 그럴듯하군.”

나는 말했다.

“하지만 설명되지 않는 부분이 있네. 그 수수께끼의 공범 말일세. 그자는 이 방의 어디로 해서 들어왔지?”

“그래, 그 공범!”

홈즈는 생각에 잠겨 말했다.

"그 공범에게는 흥미로운 점이 있어. 그자 때문에 이 사건은 평범하지 않은 것이 되지. 나는 그자가 이 나라 범죄 역사의 새로운 지평을 열었다고 생각하네. 물론 인도에서, 그리고 내 기억이 정확하다면 세네감비아에서도 비슷한 사건이 있었지만 말일세."

"그런데 그자는 어디로 들어왔지?"

나는 같은 질문을 되풀이했다.

"방문은 잠겨 있었고 창문으로 들어올 수도 없었어. 그러면 굴뚝으로 들어왔을까?"

"벽난로 문이 너무 작아."

홈즈는 대답했다.

"나는 그런 가능성에 대해서는 벌써 생각해 보았네."

"그러면 어디로?"

나는 끈질기게 물었다.

"자네는 통 내 규칙을 적용해 볼 생각을 하지 않는구먼."

홈즈는 고개를 절레절레 흔들며 말했다.

"내가 자네한테 몇 번이나 말했나? 불가능한 것을 빼고 남는 것이 아무리 그럴듯하지 않아도 진실이라고 말일세! 우린 그자가 방문, 창문, 또는 굴뚝으로 들어오지는 않았다는 사실을 알고 있네. 또 방에는 숨을 만한 곳도 없기 때문에 숨어서 기다리는 것도 불가능했다는 사실을 알고 있지. 그러면 그자는 어디서 왔을까?"

"천장의 구멍으로 들어왔어!"

나는 외쳤다.

"바로 그걸세. 틀림없이 그랬을 거야. 자네가 그 등불로 비춰준다면 우리는 천장 위까지 조사를 확대해 볼 수 있겠어. 보물을 숨겨놓았던 그 비밀의 방 말일세."

홈즈는 사다리를 올라가서 천장의 들보를 붙들고 다락방으로 올라갔다. 그리고 바닥에 배를 깔고 엎드린 다음 등잔불을 받아 들고 내가 그 위로 올라갈 때까지 비춰주었다.

다락방은 가로 3미터, 세로 2미터 정도의 크기였다. 바닥은 들보로 되어 있었고, 들보 사이에는 가는 윗가지에 회반죽을 이겨 발라 놓았다. 그래서 걸을 때는 들보에서 들보로 건너다녀야 했다. 가운데가 뾰족한 천장은 진짜 지붕의 안쪽 면을 이루고 있는 것이 틀림없었다. 방에 가구라곤 전혀 없었고 몇 년 묵은 먼지가 바닥에 두껍게 쌓여 있었다.

"어? 이건 뭐지?"

셜록 홈즈는 비스듬히 경사진 벽에 손을 대고 말했다.

"이건 지붕으로 나가는 들창 아닌가? 미니까 열리는군. 이 밖은 경사가 완만한 지붕일세. 그러면 맨 처음 인물이 들어온 곳이 바로 여기군. 어디, 그자가 남긴 흔적이 있는지 찾아볼까?"

홈즈는 바닥에 등잔불을 비췄다. 그리고 나는 그날 밤 벌써 두 번째로 홈즈의 얼굴에 놀란 표정이 떠오르는 것을 보았다. 나는 그의 시선이 머물러 있는 곳을 바라보고 등골이 오싹했다. 바닥에는 선명한 맨발 자국이 가득했다. 그런데 생생하게 남아 있는 발자국은 보통 성인 남자 발 크기의 절반밖에 안 되었다. 나는 간신히 말했다.

"홈즈, 아이가 이렇게 무서운 짓을 저질렀네."

홈즈는 곧 특유의 냉정함을 되찾았다.

"나도 잠시 당황했네. 하지만 이건 아주 자연스러운 일일세. 내가 제대로 기억을 되살렸다면 충분히 예견할 수 있던 일이야. 여기엔 더 이상 볼 것이 없으니 내려가기로 하세."

"그러면 그 발자국에 대한 자네 설명은 뭔가?"

나는 다시 밑으로 내려왔을 때 궁금증을 참지 못하고 질문 공세를 폈다.

"여보게, 왓슨, 자네도 한번 분석해 보게."

홈즈는 다소 빠른 말투로 대답했다.

"자네는 내 방법을 알고 있네. 그걸 한번 적용해 보게. 그리고 나중에 그 결과를 비교해 보는 것도 유익할 걸세."

"하지만 어떻게 사실을 설명할 수 있는지 전혀 모르겠는걸."

나는 대답했다.

"조금 있으면 모든 게 다 분명하게 밝혀질 거야."

홈즈는 건성으로 말했다.

"내 생각에는 더 이상 중요한 건 나오지 않을 것 같지만 한번 살펴보기로 하지."

홈즈는 돋보기와 줄자를 날쌔게 꺼내 들고 방 안을 기어 다니며 이것저것 측정하고 비교하고 조사했다. 길고 여윈 코는 마룻바닥에 바짝 붙어 있다시피 했고, 새의 눈처럼 깊숙이 들어간 두 눈은 구슬처럼 반짝거렸다. 너무도 조용하고 민첩한 행동을 보니 잘 훈련된 사냥개가 냄새를 추적하는 모습이 연상됐다. 나는 그가 타고난 열정과 지혜를 발휘해서 법을 수호하는 대신 법과 맞서는 쪽을 선택했다면 얼마나 가공할 범죄자가 되었겠는지 생각하지 않을 수 없었다. 홈즈는 뭐라고 쉬지 않고 중얼거리면서 방 안을 살펴나가다가 마침내 환호성을 질렀다.

"우린 오늘 정말 운이 좋네."

홈즈는 말했다.

"이제는 거의 아무 문제도 없겠어. 지붕으로 들어온 녀석이 재수 없게 크레오소트를 밟았네. 지독한 냄새를 풍기는 약물에 녀석의 조그만 발자국이 선명하게 찍혀 있네. 자네도 보다시피 저 큰 유리병이 깨지면서 그 속에 든 방부제가 흘러나오지 않았나?"

"그러면 어떻게 되는 거지?"

나는 물었다.

"어떻게 되는 거냐고? 녀석은 꼼짝없이 우리 수중에 떨어진 거야."

그는 말했다.

"나는 저 냄새를 세상 끝까지라도 쫓아갈 개를 알고 있지. 특수 훈련을 받은 사냥개가 이렇게 지독한 냄새를 쫓아서 어딘들 못 가겠는가? 결과는 불 보듯 뻔해. 이제 우리는……, 허허, 저런! 법의 대표들께서 행차하시는군."

아래층에서 무거운 발소리와 왁자지껄하게 떠드는 소리가 나더니 현관문이 쾅 하고 닫혔다. 홈즈가 말했다.

"저 친구들이 오기 전에 이 가엾은 친구의 팔을 좀 만져보게. 그리고 여기 이 다리하고. 어떤가?"

"근육이 판자처럼 딱딱하군."

나는 대답했다.

"바로 그걸세. 시신의 근육은 극심하게 수축된 상태에 있네. 이건 보통의 사후 강직과는 완전히 달라. 게다가 옛 필자들이 쓴 대로 '리수스 사르도니쿠스(발작적인 웃음)'라고 할 만한, 괴기한 미소를 짓고 있는 이 뒤틀린 안면 근육을 보게. 뭐 생각나는 것 없나?"

"모종의 강력한 식물성 알칼로이드로 인한 중독사. 스트리크닌 같은 물질은 근육의 강직을 일으키네."

나는 대답했다.

"심하게 수축된 저 안면 근육을 본 순간 맨 먼저 생각난 것이 바로 그것이었네. 방에 들어가자마자 나는 독이 체내로 들어간 통로를 찾았지. 자네도 보다시피 나는 머리에 박힌 침을 찾아냈네. 그런데 피해자가 의자에 똑바로 앉아 있었다고 가정할 때, 침이 날아온 부분은 천장의 구멍 쪽이었을 걸세. 자, 이 침을 좀 살펴보기로 하지."

나는 조심스럽게 침을 집어 들고 불빛으로 비춰보았다. 그것은 검은색의 날카롭고 기다란 침이었다. 뾰족한 끝에는 어떤 끈적한 물질이 말라붙어 있는 것처럼 반짝거렸다. 뭉툭한 쪽은 칼로 둥글게 다듬은 듯했다.

"이건 영국제인가?"

홈즈가 물었다.

"아니, 절대로."

"이 정도의 증거가 있으면 어떤 그럴듯한 추리를 해낼 수 있겠어. 그런데 마침 저기 정규군이 오는군. 그러니 외인부대는 퇴각해도 되겠네."

홈즈가 말하는 동안, 복도의 발소리가 점점 커지더니 회색 양복을 입은 풍채 좋은 사나이가 방 안으로 들어왔다. 혈색이 좋은 거구의 사내는 살에 파묻힌 조그맣고 반짝거리는 눈을 날카롭게 치떴다. 정복 차림의 경위 하나와 여전히 부들부들 떨고 있는 새디어스 숄토가 뒤따라 들어왔다.

"여기가 현장이군!"

거구의 사나이는 목쉰 듯 걸걸한 목소리로 외쳤다.

"여기가 바로 사건 현장이야! 그런데 이분들은 누구시더라? 허허, 방 안이 꼭 토끼 굴처럼 복작거리는군!"

"애설니 존스 씨, 내가 누군지 기억하고 계실 텐데요?"

셜록 홈즈는 조용히 말했다.

"물론 기억하고말고!"

존스 형사는 씨근거리며 말했다.

"이론가이신 셜록 홈즈 선생 아니신가. 기억하다마다! 선생이 비숍게이트 보석 사건 때 원인과 결과, 그리고 추리에 대해 일장 연설을 했던 일은 절대로 못 잊을 거요. 그때 선생이 수사 방향을 올바로 잡아준 건 사실이오. 한데 그게 무슨 훌륭한 이론 덕분이 아니라 운이 좋아서였다는 걸 인정할 때가 되지 않았소?"

"그건 아주 단순한 추리 덕분이었습니다."

"어허, 왜 이러실까! 솔직히 인정하는 걸 부끄럽게 생각하면 안 되오. 그런데 이것들은 다 뭐지? 흉측한 사건이군! 흉측한 사건이야! 여긴 명명백백한 사실들뿐이니 이론 따위는 필요 없겠군. 내가 우연히 이 근처에 나와 있다가 이 사건을 맡게 되었으니 얼마나 다행이오? 난 신고가 들어왔을 때 마침 노우드 경찰서에 있었소. 그런데 선생은 이 사람의 사인이 뭐라고 생각하시오?"

"아, 이 사건에 무슨 이론 따위가 필요하겠습니까?"

홈즈는 무표정하게 대꾸했다.

"어허, 왜 그러실까. 그래도 선생이 가끔 정곡을 찌를 때가 있는 건 부인할 수 없는 사실이지. 자! 방문은 잠겨 있었다고 했고 50만 파운드 값어치의 보석이 사라졌소. 창문은 어땠소?"

“잠겨 있었습니다. 하지만 창틀에 발자국이 남아 있지요.”

“그래, 그래. 창문이 잠겨 있었다면 그 발자국은 사건과는 하등의 관계가 없는 것일 거요. 이건 흔한 사건이오. 이 사람은 발작을 일으켜서 죽었을 수도 있소. 하지만 보석이 사라졌군. 맞아! 그럴 수도 있겠어. 가끔씩 이런 식으로 영감이 스쳐 간단 말이야. 자, 경위, 그리고 당신 숄토 씨는 밖에 나가 계십시오. 아, 선생 친구분은 남아 있어도 좋소이다. 자, 선생은 이 사건에 대해 어떻게 생각하시오? 숄토는 어젯밤에 형과 같이 있었다고 자백했소. 형이 발작을 일으켜서 죽자 동생이 보물을 빼돌린 게 아닐까? 어떻게 생각하시오?”

“그다음에 죽은 사람이 일어나 안에서 방문을 걸어 잠갔겠군요.”

“아차! 그런 문제가 있군. 그러면 문제를 상식적으로 생각해 봅시다. 저 새디어스 숄토라는 자는 어제 형과 같이 있었소. 그런데 둘은 싸웠지. 우리가 알고 있는 건 여기까지요. 그런데 형은 죽고 보물은 사라졌소. 그런데 동생이 떠난 뒤에 형을 본 사람이 아무도 없소. 침대에는 사람이 누워 있던 흔적도 없고 말이오. 그런데 동생은 지금 몹시 불안해하고 있소. 게다가 용모는……, 글쎄, 과히 매력적이진 않지. 나는 새디어스를 향해 치밀하게 그물을 치고 있소. 이제 조만간 그물을 잡아당길 거요.”

“하지만 당신은 아직 사실 관계도 완전히 파악하지 못했습니다.”

홈즈는 말했다.

“이 나무로 만든 침이 죽은 사람의 머리에 박혀 있었지요. 거기 자국이 보이십니까? 이 침에는 십중팔구 독을 발라놓았을 겁니다.

그리고 탁자 위에 있는 그 종이에 뭐라고 쓰여 있는지 한번 읽어보십시오. 그 옆에는 돌멩이를 달아놓은 이상한 막대기가 놓여 있습니다. 이 모든 사실을 다 어떻게 설명하시려고요?”

“다 뻔한 수작이오.”

뚱뚱한 형사는 거만하게 말했다.

“이 집에는 인도 골동품으로 가득 차 있소. 새디어스가 그중 하나를 집어 왔을 거요. 그리고 그게 독침이라면 새디어스는 그것을 살인 무기로 사용한 것이 틀림없소. 그 쪽지는 필경 수사에 혼선을 초래하기 위한 속임수요. 유일한 문제는 어떻게 방을 나갔느냐 하는 거지. 그건 물론, 천장의 구멍을 통해서요.”

형사는 육중한 몸에 비해서는 상당히 날렵하게, 사다리를 올라가 다락방으로 비집고 올라갔다. 그리고 곧 들창을 발견하고 기뻐 소리 질렀다.

“저 사람은 뭔가를 찾아낼 수도 있네.”

홈즈는 어깨를 들썩하며 말했다.

“나름대로 번뜩이는 이성의 소유자니까. ‘재치 있는 사람들만큼 그렇게 까다로운 바보는 없다!’”

“어떻소!”

애설니 존스는 다시 사다리를 타고 내려오며 말했다.

“결국 문제가 되는 것은 이론이 아니라 사실이오. 이 사건에 대한 관점은 정해졌소. 저 위에는 지붕으로 통하는 들창이 있는데 그건 반쯤 열려 있었소.”

"들창을 열어놓은 것은 바로 접니다."

"아, 그런가! 그럼 당신도 그걸 보았다는 건가?"

형사는 약간 풀이 죽은 듯했다.

"좋아, 누가 그걸 발견했든 간에, 범인이 어디로 도망갔는지는 분명해졌군. 여보게, 경위!"

"예!"

복도에서 대답 소리가 들렸다.

"숄토 씨를 방으로 들여보내게. 숄토 씨, 지금부터 당신이 하는 말은 당신에게 불리하게 사용될 수 있음을 알려드립니다. 나는 바솔로뮤 숄토를 살해한 용의자로 당신을 체포합니다."

"거봐요! 내가 아까 그러지 않았습니까!"

가엾은 사내는 팔을 벌리고 우리 둘을 번갈아 쳐다보며 외쳤다.

"숄토 씨, 걱정하지 마십시오."

홈즈가 말했다.

"제가 책임지고 숄토 씨의 혐의를 벗겨드리겠습니다."

"이론가 선생, 못 지킬 약속은 하지 마시오!"

형사가 쏘아붙였다.

"그렇게 하는 게 생각처럼 쉽지 않다는 걸 알게 될 거요."

"존스 씨, 난 이 사람의 혐의를 벗겨줄 뿐만 아니라 어젯밤 이 방에 들어온 두 사람 중에서 한 사람의 이름과 생김새를 아무 대가 없이 알려드리겠습니다. 그의 이름은 조너선 스몰입니다. 나는 그렇게 생각할 만한 타당한 이유를 가지고 있습니다. 그자는 교육 수준이

낮고 몸집은 왜소하지만 상당히 민첩한 자입니다. 또 오른쪽 다리가 없는 대신 안쪽이 닳은 나무다리를 끼우고 있습니다. 왼발에 신은 구두는 구두코가 각이 졌고 뒤축에는 금속판이 붙어 있습니다. 그리고 얼굴이 햇볕에 그을린 전과자 출신의 중년 남자입니다. 또 손바닥의 살갗이 많이 벗겨졌다는 사실도 알아두면 도움이 될 겁니다. 공범은……."

"허허! 공범이라고?"

애설니 존스는 비꼬듯이 물었지만 홈즈의 정확한 설명에 놀란 표정이 역력했다.

"상당히 재미있는 친구입니다."

셜록 홈즈는 돌아서며 말했다.

"조만간 둘 다 소개해 드릴 수 있을 겁니다. 왓슨, 잠깐 나 좀 보게."

홈즈는 층계참으로 나를 이끌었다. 그가 말했다.

"예기치 못한 사건 때문에, 여기 왔던 본래의 목적을 방기하고 있었군."

"나도 방금 그 생각을 했네."

나는 대답했다.

"모스턴 양이 이 끔찍한 곳에 계속 있을 까닭은 없어."

"그렇지. 자네가 숙녀분을 집까지 모셔다 드리게. 모스턴 양은 로워 캠버웰의 세실 포레스터 부인 댁에서 살고 있으니까 여기서 별로 멀진 않아. 나는 자네가 돌아올 때까지 기다리고 있겠네. 어때, 피곤하지 않겠나?"

"아닐세. 이 기괴한 사건의 내막을 알기 전까지는 편안히 쉴 수 없을 것 같으이. 나도 인생의 거친 면을 꽤 많이 보아왔지만, 오늘 밤 이렇게 놀랍고 이상한 일을 연속적으로 겪다 보니 도저히 흥분을 가라앉힐 수가 없군. 하지만 이왕 여기까지 왔으니 자네 곁에서 사건이 완전히 해결되는 것을 보고 싶네."

"자네가 있으니 정말 큰 도움이 되는군."

홈즈는 대답했다.

"우리는 사건을 독자적으로 수사하도록 하세. 저 존스라는 인간은 헛다리를 짚고 좋아라 하는데 그냥 놔두자고. 자네는 모스턴 양을 내려주고 램베스 근처의 핀친 길 3번지로 가게. 오른쪽으로 세 번째에 있는 박제사의 집을 찾게. 집주인은 셔먼이라는 영감인데, 창가에 토끼 새끼를 붙잡고 있는 족제비 박제를 세워놓았네. 셔먼 영감을 두들겨 깨워서 내 안부를 전해 주고 당장 토비를 달라고 하게. 그리고 마차에 싣고 오게."

"개인가?"

“맞아. 정말 놀라운 후각 능력을 가진 기묘한 잡종 개지. 나는 런던 시내의 전 경찰력을 동원하느니 차라리 토비의 힘을 빌리겠네.”

“그럼 가서 데려오도록 하지.”

나는 말했다.

“지금 한시일세. 새 말로 바꿀 수 있다면 세시 전에 돌아올 걸세.”

그러자 홈즈가 말했다.

“그러면 나는 번스톤 부인과 옆방에서 잔다는 인도 하인을 만나서 정보를 수집해 보지. 그리고 저 대단한 존스 형사가 어떤 방식으로 수사하는지 살펴보고, 별로 아프지도 가렵지도 않은 독설을 경청해야겠어. ‘사람들은 자신이 이해하지 못하는 것을 경멸하는 버릇이 있다.’ 괴테는 언제나 명쾌하지.”

통 사건

나는 경찰이 끌고 온 마차에 모스턴 양을 태우고 그녀의 집을 향해 출발했다. 옆에 자신보다 약한 사람이 있는 한 그녀는 천사처럼 고요한 얼굴로 힘든 걸 참아냈다. 아래층으로 내려갔을 때 나는 그녀가 밝고 평온한 얼굴로 겁에 질린 가정부 곁을 지키고 있는 모습을 보았다. 그러나 마차에 타자 그녀는 정신을 가누지 못하더니 곧 격렬하게 흐느끼기 시작했다. 그녀는 하룻밤 사이에 일어난 여러 가지 사건으로 혹독하게 단련받은 것이다. 그녀는 나중에 내가 차갑고 냉정한 사람인 줄 알았다고 했다. 그녀는 내 마음속의 갈등에 대해, 그리고 내가 자신을 억제하기 위해 얼마나 애썼는지에 대해 거의 짐작조차 못 했다. 정원에서 손잡고 있을 때와 마찬가지로 나의 사랑과 연민은 온통 그녀에게 쏠려 있었다. 나는 일상적인 삶에서라면 몇 년의 세월이 흘러도 그녀의 사랑스럽고 용감한 성격을 이 이상한 하룻밤만큼 많이 알게 되지는 못했을 거라고 생각했다. 그러나 사랑의 언어를 내 입술 끝에 가둬버린 것은 두 가지 이유 때문이었다. 그녀는 약하고 무력한 상태에 있을 뿐 아니라 정신적으로 불안했다. 이런 때에 여성에게 사랑을 강요하는 것은 비겁한 행동이 될 터였다. 게다가 그녀는 부유했다. 홈즈의 수사가 성공리에 끝난다면 그녀는 상속녀가 될 것이다. 그런데 월급의 반밖에 못 받는 요양 군인이 우연히 찾아온 친교의 기회를 그런 식으로 이용하는 것이 공정하고 명예로운 일일까? 그녀는 나를 돈밖에 모르는 속물로 생각하지 않을까? 혹시라도 그녀가 그렇게 생각할지 모른다고 상상하니 견딜 수가 없었다. 우리 둘 사이에 버티고 서 있는 아그라 보물은 넘을 수 없는 장벽이었다.

　세실 포레스터 부인 댁에 도착한 것은 두시가 거의 다 돼서였다. 하인들은 벌써 몇 시간 전에 잠자리에 들었지만 포레스터 부인은 모스턴 양이 받은 이상한 편지에 대해 크나큰 호기심을 느끼고 있었으므로 자지 않고 그녀가 돌아오기만을 기다리고 있었다. 문을 열어준 것은 바로 포레스터 부인이었다. 부인은 나이가 지긋하고 기품 있어 보였다. 포레스터 부인이 모스턴 양의 허리를 부드럽게 감싸 안으며 어머니 같은 목소리로 그녀를 맞아들이는 것을 보고 나는 퍽 기뻤다. 모스턴 양은 급료를 받는 객식구가 아니라 존중받는 친구임에 틀림없는 것이다. 모스턴 양이 나를 소개하자 포레스터 부인은 어서 들어와 오늘 밤의 모험에 대해 말해 달라고 간곡히 부탁했다. 하지만 나는 지금은 중요한 용무가 있으니 사건에 어떤 진전이 있으면 찾아와서 뵙고 말씀드리겠노라고 성심성의껏 말했다. 마차가 출발하자 나는 뒤를 돌아보았다. 아직도 계단 위에 서 있는 사람들이 보이는 것 같았다. 서로를 얼싸안고 있는 우아한 두 여성, 반쯤 열린 문, 색유리를 통해 번져 나오는 홀의 불빛, 기압계, 밝은 색깔의 양탄자 누르개. 우리 모두를 집어삼킨 어둡고 무시무시한 사건의 와중에 평화로운 영국 가정을 언뜻 본 것만 해도 마음이 포근해지는 느낌이었다.

지금까지 있었던 일에 대해 생각할수록 그것은 더욱 어둡게 느껴졌다. 마차가 가스등이 켜진 고요한 거리를 달리는 동안, 나는 기묘하기 짝이 없는 사건들의 연쇄에 대해 생각해 보았다. 처음의 문제들은 완전히 밝혀졌다. 모스턴 대위의 사망, 해마다 배달된 진주, 광고, 모스턴 양 앞으로 날아온 편지, 이 모든 사건들은 완전히 해명된 것이다. 그러나 이것은 더 복잡하고 훨씬 비극적인 사건으로 이어졌다. 인도의 보물, 모스턴 대위의 소지품에서 발견된 이상한 도면, 숄토 소령이 임종할 때 일어난 이상한 사건, 다시 발견된 보물과 그것을 찾아낸 당사자의 비극적 죽음, 범죄의 예사롭지 않은 성격, 발자국, 기이한 무기, 모스턴 대위의 도면에 쓰여 있는 것과 똑같은 글귀가 쓰인 종이. 이처럼 복잡다단한 사건에서는 홈즈 정도의 특출한 재능이 없는 사람이라면 단서를 찾아내는 데 실패했을지도 모른다.

핀친 길은 램베스 아래쪽 동네로, 허름한 2층짜리 벽돌집들이 늘어선 거리였다. 나는 3번지 집의 현관문을 한참 두들긴 다음에야 겨우 대답을 들을 수 있었다. 그러나 사람이 나오는 대신 2층 창문의 커튼 뒤에서 촛불이 켜지더니 누가 창밖으로 얼굴을 내밀었다.

"꺼지지 못해! 이 주정뱅이 건달 녀석아!"

위에서 말했다.

"한 번 더 소란을 피웠다가는 개집 문을 열어서 마흔세 마리의 개를 풀어놓을 테다."

"한 마리만 내주시면 됩니다. 저는 개 때문에 왔습니다."

나는 말했다.

"꺼져!"

다시 위에서 고함을 쳤다.

"이 주머니에 걸레가 들어 있다. 당장 내빼지 않으면 네 머리 위에 걸레를 던질 테다!"

"하지만 개가 필요한데요."

나는 소리쳤다.

"입 닥쳐!"

셔먼 씨가 소리 질렀다.

"당장 물러서라. 내가 셋을 셀 동안에 가지 않으면 걸레를 던질 테다."

"셜록 홈즈 씨가……."

나는 말을 시작했다. 홈즈라는 이름은 마술적인 효과를 발휘했다. 금방 창문이 닫히더니 잠시 후 현관문이 열렸다. 셔먼 씨는 어깨가 구부정하고 목에 힘줄이 돋은 깡마른 노인이었다. 그는 푸른빛이

도는 안경을 끼고 있었다.

"셜록 씨의 친구라면 언제나 환영이오."

노인은 말했다.

"어서 들어오쇼. 거기 있는 오소리 조심하시고. 사람을 무니까. 이
런, 버릇없는 것. 이 신사분을 물어뜯고 싶은 게냐?"

노인은 우리 창살 틈으로 심술궂게 생긴 머리를 내밀고 있는 빨
간 눈의 오소리에게 말했다.

"염려 마쇼. 그건 도마뱀이니까. 독이 없는 놈이오. 그래서 그냥
방에다 풀어놓지. 그놈은 바퀴벌레를 잡아먹는다오. 아까 아무것도
모르고 성질 부려서 미안하게 됐수다. 동네 애들이 하도 장난질을
쳐대서. 게다가 이 골목에는 무작정 이 집에 와서 소란 피우는 녀석

들도 한둘이 아니오. 그런데 셜록 홈즈 씨가 무슨 일로?"

"개를 한 마리 데려오라고 해서요."

"허허! 그럼 토비겠구면."

"예. 토비라고 하더군요."

"토비는 여기 왼쪽의 7번 우리에서 산다오."

노인은 촛불을 들고 집 안에 모아놓은 기묘한 동물 가족 사이를 천천히 지나갔다. 일렁이는 촛불 빛 아래 구석구석에서 우리를 내다보는 반짝거리는 눈들이 희미하게 보였다. 머리 위의 들보에도 근엄한 새들이 한쪽 다리를 들고 일렬로 앉아 있다가 우리가 떠드는 소리에 잠을 깨어 다른 쪽 다리로 천천히 무게 중심을 옮기고 있었다.

토비는 털이 북슬북슬하고 귀가 축 늘어진 못생긴 개였다. 스패니얼과 사냥개의 피를 반반씩 물려받은 녀석은 갈색과 흰색이 섞인 얼룩 개인데 걸음걸이가 꼴사납게 뒤뚱거렸다. 늙은 박제사가 내 손에 쥐여준 설탕 한 덩어리를 녀석에게 주자 녀석은 약간 망설이다가 받아먹었다. 이로써 우리 사이엔 협조 관계가 성립되었고 녀석은 나를 따라 순순히 마차에 올라탔다. 내가 퐁디셰리 저택에 도착한 것은 궁전의 시계가 새벽 세시를 알렸을 때였다. 프로 권투 선수 출신인 맥머도는 종범으로 체포되어 숄토 씨와 함께 서로 연행되어 갔다고 했다. 두 경관이 저택의 좁은 문을 지키고 있었지만 내가 홈즈의 이름을 대자 두 사람은 나를 개와 함께 순순히 들여보내주었다.

홈즈는 파이프를 입에 물고 두 손을 호주머니에 찌른 채 현관 계단 위에 서 있었다. 그가 말했다.

"아, 개를 데리고 왔군! 오, 그래, 착하지! 애설니 존스는 갔네. 자네가 떠나고 난 뒤 우리는 세력 다툼을 좀 했지. 그자는 새디어스씨뿐 아니라 수위, 가정부, 인도인 하인까지 다 체포했어. 2층에 경관 하나가 있는 것 빼면 이 집엔 우리뿐일세. 개는 여기 놔두고 올라가보기로 하지."

우리는 토비를 홀의 탁자에 묶어놓고 다시 2층으로 올라갔다. 시신을 시트로 덮어놓은 것 빼고 방은 우리가 나올 때 그대로였다. 피곤한 얼굴의 경위가 구석에서 쉬고 있었다.

"경위, 그 각등 좀 빌려주시오."

내 친구가 말했다.

"자, 각등이 앞에 매달려 있도록 줄을 내 목 뒤에서 좀 매주시오. 고맙소. 자, 이제 나는 구두와 양말을 벗어야겠군. 왓슨, 이건 자네가 좀 들어주게. 나는 지붕을 좀 타야 할 것 같으니까. 그리고 내 손수건을 크레오소트에 적셔주게. 됐네. 자, 잠깐 나랑 같이 다락방으로 올라가보세."

우리는 구멍을 통해 올라갔다. 홈즈는 먼지 구덩이에 새겨진 발자국에 다시 한번 불을 비췄다. 그가 말했다.

"왓슨, 이 발자국을 자세히 살펴주기 바라네. 뭔가 특이한 점이 없나?"

"이건 아이나 작은 여자의 발자국 같아."

94

나는 말했다.

"크기 말고. 딴건?"

"보통 발자국과 달라 보이는 점은 별로 없는 것 같은데?"

"그렇지 않네. 이걸 좀 보게! 여기 오른쪽 발자국이 찍혀 있지? 자, 내가 맨발로 그 옆에 발자국을 한번 내보겠네. 가장 큰 차이는 뭔가?"

"자네 발가락은 모여 있는데 이건 발가락 사이가 유난히 많이 벌어졌어."

"바로 그걸세. 그게 핵심이야. 그걸 꼭 기억해 두게. 그리고 미안하지만 그 들창으로 나가서 나무틀의 냄새를 맡아봐주지 않겠나? 나는 손수건을 들고 여기 있겠네."

나는 홈즈가 말한 대로 했고 곧 강한 타르 냄새를 의식했다.

"놈이 나갈 때 거기를 밟았군. 자네가 냄새를 맡을 수 있을 정도라면 토비한테는 아무 문제도 없겠어. 자, 이제 아래층으로 내려가서 개를 데리고 밖에 나가 내가 어떤 곡예를 부리는지 한번 보게."

내가 밖으로 나갔을 때 셜록 홈즈는 지붕 위에 있었다. 나는 목에 등불을 매단 홈즈가 거대한 개똥벌레 유충처럼 용마루 위를 아주 천천히 기어가는 모습을 볼 수 있었다. 그는 잠시 굴뚝 뒤로 사라졌다 모습을 드러내더니 다시 한번 지붕 반대편으로 사라졌다. 내가 집 뒤로 돌아가자 홈즈가 건물 모퉁이의 처마 끝에 앉아 있는 것이 보였다.

"자넨가, 왓슨?"

그가 외쳤다.

"그래."

"놈은 이리로 내려갔네. 그 밑에 시커먼 게 뭔가?"

"물통일세."

"물통?"

"그래!"

"사다리 같은 건 없고?"

"없네."

"빌어먹을 녀석! 정말 위험천만한 곳이군. 녀석이 이리로 올라왔다면 나도 내려갈 수 있겠지. 배수 파이프는 아주 단단하군. 자, 그럼 간다."

몇 차례 발을 구르는 소리가 나더니 각등이 천천히 벽을 내려오기 시작했다. 홈즈는 물통을 가볍게 딛고 바닥으로 뛰어내렸다.

"녀석이 다닌 길을 추적하는 건 식은 죽 먹기였네."

그는 양말과 구두를 신으며 말했다.

"녀석이 밟은 곳은 기왓장이 헐거워져 있었어. 그리고 녀석은 서두르다가 이걸 떨어뜨렸지. 자네 같은 의사들의 말투를 빌리면, 이건 내 진단을 확증해 주는 물건일세."

홈즈가 꺼내 보여준 것은 물들인 갈대로 짠 작은 지갑 또는 주머니였다. 주머니 가장자리는 싸구려 구슬로 장식돼 있었다. 모양이나 크기로 보면 담뱃갑과 비슷했다. 안에는 대여섯 개의 검은 나무 침이 들어 있었다. 그것은 바솔로뮤 숄토의 몸에서 나온 것과 마찬가

지로 한쪽 끝은 날카롭고 반대쪽 끝은 둥글게 깎여 있었다. 홈즈가
말했다.

"흉악한 물건일세. 찔리지 않도록 조심하게. 이걸 손에 넣으니 안
심이 되는군. 녀석이 가진 무기가 이게 전부일 수도 있으니까. 나나
자네가 이런 것에 맞을까 봐 걱정할 일은 없게 됐어. 그런데 자네
이제부터 10킬로미터 행군이 가능하겠나?"

"그럼."

나는 대답했다.

"자네 다리가 견딜 수 있을까?"

"염려 말게."

"좋아. 토비! 이리 오너라! 자, 착하지. 이걸 냄새 맡으렴. 냄새
맡아!"

홈즈는 크레오소트에 적신 손수건을 개의 코 밑에 대주었다. 개
는 털이 북슬북슬한 다리를 벌리고 서서, 유명한 포도주의 냄새를
맡는 감식가처럼 우스꽝스럽게 고개를 갸웃했다. 홈즈는 손수건을
멀리 던져버리고 토비의 목걸이에 튼튼한 줄을 걸었다. 그리고 개
를 물통 밑으로 데리고 갔다. 개는 꼬리를 곧추세운 채 바닥에 코를
처박더니 곧 사납게 짖으며 줄이 팽팽해질 정도로 달리기 시작했
다. 우리는 개를 따라 달음박질쳤다.

동쪽 하늘은 벌써 희부옇게 밝아오고 있었고, 차가운 회색 박명
속에서 웬만한 거리에 있는 것은 다 알아볼 수 있었다. 텅 빈 검은
창문과 휑한 바람벽이 눈에 들어왔다. 장방형의 육중한 건물이 등

뒤에 슬프고 적막하게 솟아 있었다. 개는 정원에 파놓은 구덩이 사이를 요리조리 빠져나갔다. 여기저기 흙더미가 쌓여 있었고, 정원수는 제대로 자라지 못한 채 바닥을 기고 있었다. 정원은 집 안 전체를 짓누르는 무서운 비극 탓에 더욱 병적이고 불길하게 보였다.

담 밑에 다다른 토비는 앓는 소리를 내며 담벼락 그늘 속을 걷다가 어린 너도밤나무 뒤쪽의 모퉁이에서 멈춰 섰다. 두 개의 담이 만나는 그곳에는 벽돌 몇 개가 헐거워져 있었고, 돌출한 벽돌은 반들반들하게 닳아 있어서 그동안 사다리 노릇을 해왔다는 것을 보여주었다. 담을 타고 올라간 홈즈는 내 손에서 개를 받아서 저쪽으로 내려주었다.

"여기 나무다리 사나이의 손자국이 있군."

담을 올라가고 있는데 위에서 홈즈의 목소리가 들렸다.

"하얀 석회에 핏자국이 약간 묻어 있네. 어젯밤 이후로 큰 비가 안 내린 것이 천만다행이야! 벌써 28시간이 지났지만 길에는 아직 냄새가 남아 있을 걸세."

솔직히 말해서 나는 그사이에 런던의 도로를 지나다녔을 숱한 인마(人馬)를 생각하면 의심스럽지 않을 수 없었다. 그러나 곧 나의 걱정은 기우였음이 드러났다. 토비는 한 번도 망설이거나 딴 길로 새지 않고 특이하게 굴러가는 듯한 걸음으로 뒤뚱거리며 걸어갔다. 크레오소트의 역한 냄새가 다른 냄새를 제치고 강하게 떠오르는 것이 틀림없었다. 홈즈가 말했다.

"혹시라도 말일세, 범인 하나가 우연히 화학 약품을 밟은 덕분에 사건 수사가 잘 풀리고 있는 거라고 생각하지는 말게. 나는 다른 방법으로 범인을 추적할 수 있는 단서를 이미 손에 넣었다네. 하지만 이것이 가장 손쉬운 방법이지. 행운의 여신이 우리를 향해 미소를 지었는데 못 본 척한다면 그것도 잘못 아니겠나? 하지만 이렇게 되는 바람에 사건이 단순해 보이는 건 사실이야. 이런 기회만 없었더라면 상당히 복잡해 보였을 사건인데. 이렇듯 명백한 단서만 없었다면 나는 이 사건을 해결하면서 상당히 면목을 세웠을 걸세."

"면목은 세우고도 남네."

나는 말했다.

"정말일세, 홈즈. 나는 자네가 이 사건에서 증거를 수집하는 방식을 보고 제퍼슨 호프 살인 사건 때보다 더 놀랐다네. 한마디로 감탄스러우이. 내가 보기에 이 사건이 훨씬 복잡하고 난해한 것 같아. 예를 들면 말일세, 자네는 외다리 사나이의 신상에 대해 어떻게 그렇게 자신 있게 설명할 수 있었나?"

"쳇, 이런 사람 보게! 그건 아주 간단한 일이었지. 이론이고 뭐고 전혀 필요 없네. 모든 게 아주 뻔하니까 말일세. 교도소 경비 부대의 장교 두 사람이 숨겨진 보물에 관한 비밀을 알게 되었네. 조너선 스몰이라는 영국인이 두 사람에게 지도를 그려주었지. 자네 모스턴 대위가 소지한 도면 위에 쓰여 있던 이름들 기억나나? 조너선 스몰은 자신뿐 아니라 세 동료를 대표해서 도면에 서명했네. 그는 거기에 '네 사람의 서명'이라는 다소 극적인 이름을 붙여놓았지. 그런데 두 장교가, 아니면 둘 중 한 사람이 그 도면을 보고 보물을 찾아낸 다음 영국으로 가져왔네. 그리고 아마 도면을 받기 전에 모종의 약속을 했을 터이지만 그 약속을 지키지 않았을 걸세. 그런데 조너선 스몰은 왜 스스로 보물을 찾지 않았을까? 답은 분명하네. 도면이 작성된 것은 모스턴이 죄수들과 가까이 지낼 때였어. 조너선 스몰과 그 동료들은 죄수의 몸으로 감옥에 갇혀 있었기 때문에 보물을 찾을 수 없었던 거지."

"하지만 그것은 단순한 추측일 뿐이지 않은가."

나는 말했다.

"그것은 단순한 추측 이상의 것일세. 오로지 이 가설에 의거해야만 사실을 설명할 수 있네. 자, 그러면 그것이 다음 이야기와 어떻게 맞아떨어지는지 보기로 하지. 숄토 소령은 보물을 소유하고 있다는 기쁨에 취해서 몇 년간 조용히 지냈네. 그런데 인도에서 어떤 편지가 날아오면서 그는 큰 충격을 받게 되지. 그게 어떤 편지였을까?"

"그가 속인 사람들이 석방됐다는 편지."

"아니면 탈출했거나. 탈출했다고 보는 편이 훨씬 그럴듯하지. 왜냐하면 숄토 소령은 죄수들의 복역 기간을 알고 있었을 테니까. 죄수들이 석방된 거라면 별로 놀라운 소식이 아니었을 걸세. 그런데 소령은 그다음에 어떻게 행동하지? 그는 나무다리의 사내 ─ 백인일세. ─를 극도로 경계하게 되네. 그는 어느 백인 장사꾼을 그 사람으로 착각하고 총격을 가하기까지 했네. 그런데 도면에 쓰인 백인 이름은 하나뿐일세. 나머지 셋은 힌두교나 회교도지. 다른 백인은 없네. 그래서 우리는 나무다리 사내가 바로 조너선 스몰이라는 것을 확실히 알게 되는 것이지. 내가 말한 것 중에서 어디 이상한 부분이 있나?"

"아니. 명쾌하고 치밀한 추리일세그려."

"그래, 좋아. 그러면 우리가 조녀선 스몰의 입장이 되어보자고. 사태를 그의 입장에서 보기로 하지. 그는 자신의 권리를 찾고, 또 자신을 속여 넘긴 사내에게 복수하겠다는 일념으로 영국으로 건너왔네. 그는 숄토의 집을 찾아냈고, 또 집 안의 누군가와 내통했을 가능성이 크지. 우리가 보지 못한 하인으로 랄 라오라는 집사가 있네. 번스톤 부인의 얘기로는 질이 좋지 못한 사람이라는군. 하지만 스몰은 보물이 숨겨져 있는 곳을 알아낼 수 없었네. 왜냐하면 그것을 알고 있는 것은 소령과 이미 사망한 충직한 하인뿐이었으니까. 그러다 스몰은 갑자기 소령이 죽게 됐다는 소식을 듣지. 보물의 비밀이 소령과 함께 사라질지도 모른다는 생각에 눈이 뒤집힌 그는 삼엄한 경비망을 뚫고 죽어가는 사람의 방 창가로 접근하지. 하지만 소령의 두 아들 때문에 방에 침입하려는 시도는 좌절되고 마네. 하지만 죽은 사내에 대한 증오에 눈이 먼 스몰은 그날 밤 그 방에 침입해서 보물과 관련된 메모라도 찾아보려는 생각으로 소지품을 뒤지지만 결국은 자신이 다녀갔다는 기념으로 짤막한 글귀만을 남기고 사라지네. 그는 아마 자신이 소령을 처단하게 되면 그것이 이유 없는 살인이 아니라는 것을 알리기 위해 그런 기록을 남기려고 계획했을 걸세. 스몰을 비롯한 네 사람의 관점에서 보면 그것은 정당한 행동이었을 테니까. 범죄의 역사를 들춰보면 이런 식의 기괴한 발상들이 흔한데, 그것은 대개 범죄자가 누군지를 알려주는 귀중한 단서가 되지. 어때, 내 말이 이해가 가나?”

“응.”

“그다음에 조너선 스몰은 무엇을 할 수 있었을까? 그는 보물을 찾아낼 때까지 은밀한 감시를 계속할 수밖에 없었지. 그는 영국을 떠나 있으면서 이따금씩 귀국했을 수도 있네. 그런데 바솔로뮤 숄토가 다락방을 발견했고 그 사실은 곧장 그에게 통보되었네. 우리는 이 부분에서, 집 안에 그와 내통하는 자가 있었음을 다시 냄새 맡게 되는 거지. 나무다리 조너선은 혼자 힘으로는 2층 바솔로뮤 숄토의 방에 들어갈 수 없었네. 하지만 그는 의외의 인물을 끌어들여서 이러한 난관을 훌륭하게 뛰어넘지. 하지만 그가 선택한 인물은 맨발로 크레오소트를 밟는 실수를 저질러서 토비를 불러들였네. 그리고 아킬레스건을 다친 요양 중인 장교가 절룩거리며 10킬로미터를 걸어가게 만들고 말일세.”

“하지만 살인을 저지른 것은 조너선이 아니라 그 공범이었어.”

“그렇지. 그런데 공범이 방에 들어와서 돌아다닌 흔적을 살펴보면 조너선 스몰이 바솔로뮤 숄토에게 개인적 원한이 없었다는 사실을 알 수 있네. 스몰은 공범이 바솔로뮤를 묶어놓고 입에 재갈을 물려놓았다면 더 좋아했을 걸세. 그는 교수대의 밧줄에 머리를 디밀고 싶지는 않았던 거지. 하지만 어쩔 수 없었네. 동료의 잔인한 본능이 발휘되었고 독이 제 할 일을 다 했으니까. 조너선 스몰은 글씨를 남겨놓고 보물 상자를 들고 튀었네. 내가 해독할 수 있는 것은 이 정도일세. 물론, 그의 용모에 관해 말한다면 나이는 중년쯤일 거고 아궁이 속 같은 안다만 제도에서 오랜 세월을 보냈기 때문에 얼굴이 검게 그을렸을 걸세. 키는 보폭으로 쉽게 계산해 낼 수 있고, 또 우리는 그가 턱수염을 길렀다는 사실을 알고 있네. 새디어스 숄토가 목격한 창밖의 사나이는 수염을 기르고 있었다고 했으니까. 내가 아는 것은 여기까지네."

"공범은?"

"아, 공범에 관해서 뭐 대단한 비밀이 숨겨져 있는 것은 아닐세. 자네도 곧 모든 걸 알게 될 거야. 흠, 아침 공기가 참으로 상쾌하군! 저 작은 구름 좀 보게. 꼭 커다란 홍학의 몸에서 떨어져 나온 분홍빛 깃털처럼 보이지 않나? 런던 하늘의 구름 둑 위로 붉은 태양이 고개를 내밀려고 하는군. 저 태양은 수많은 사람들을 비추고 있지만, 그중에 우리보다 더 기이한 용무를 보고 있는 사람은 없을 걸세. 자연의 위대한 힘 앞에서 인간의 야망과 노력이란 얼마나 하찮은 것인지? 자네, 장 파울(19세기에 활동한 독일의 소설가 ─옮긴이)은 다 읽었나?"

"그럼. 나는 칼라일을 통해 장 파울에 이르게 되었지."

"그건 마치 개울을 따라서 모천(母川)으로 회귀하는 것과 같은 일이지. 장 파울은 대단히 재치 있고 의미심장한 말을 한마디 남겼네. '인간의 진정한 위대함의 증거는 자신의 보잘것없음에 대한 자각에 있다.'라고 말일세. 비교하고 인정할 수 있는 사람의 능력 자체가 고귀함의 증거라는 것이지. 장 파울의 사상은 풍부한 정신적 양분이

된다네. 자네 권총 안 가져왔지?"

"난 지팡이를 가져왔네."

"그자들의 소굴에 도착하면 뭔가가 필요해질 수도 있어. 조녀선
은 자네에게 맡겨놓겠네. 하지만 다른 녀석이 날뛰면 난 총을 쏠
거야."

홈즈는 말하면서 리볼버를 꺼내 총알 두 개를 장전한 다음 웃옷
오른쪽 주머니에 넣어두었다.

우리는 그동안 토비를 따라 대도시 외곽의 시골 냄새 물씬 풍기
는 별장 지대까지 왔다. 그곳을 지나니 이제는 연달아 이어진 거리
가 나왔다. 인부들과 부두 노동자들은 벌써 일어났고 매춘부들은
가게 문을 닫고 현관 계단을 쓸고 있었다. 길모퉁이의 여인숙은 하
루를 막 시작하는 참이었다. 거친 사내들이 세수를 끝내고 옷소매
로 수염을 훔치며 여인숙을 나서고 있었다. 낯선 개들이 길에서 어
슬렁거리다 우리 일행을 신기하다는 듯이 바라보았다. 그러나 천하
무적 토비는 한눈파는 법 없이 코를 바닥에 대고 종종걸음을 치며
가끔씩 냄새가 강해지는 곳에서는 컹컹 짖어댔다.

우리는 스트리트햄, 브릭스턴, 캠버웰을 지나왔고 이제는 오벌
의 동쪽으로 뻗은 케닝턴 길로 들어섰다. 우리가 쫓는 사내들은 추
적을 따돌리려는 생각에서였던 듯, 이상하게 갈지자로 간 것 같았
다. 이들은 결코 큰길로는 가지 않았고 골목이 나오면 항상 그곳으
로 꺾어졌다. 케닝턴 길의 끝 부분에서 이들은 다시 왼쪽으로 꺾여
본드가와 마일스가를 지났다. 마일스가가 '기사의 집'으로 이어지

는 부분에서, 토비는 걸음을 멈추었다. 그리고 한쪽 귀는 쫑긋 세우고 한쪽 귀는 축 늘어뜨린 채 같은 곳을 왔다 갔다 하기 시작했다. 개는 진퇴양난에 빠진 듯했다. 그러더니 자신의 당황스러운 입장을 이해해 달라는 듯 때때로 우리를 쳐다보며 주위를 맴돌았다.

"젠장, 이놈의 개가 뭐 하는 거지?"

홈즈는 화난 목소리로 말했다.

"그자들이 마차를 타거나 기구를 타고 하늘로 올라가지는 않았을 텐데."

"여기 한참 서 있었던 모양이지."

내가 한마디 했다.

"아! 됐다. 다시 가는군."

내 친구가 안심한 목소리로 말했다.

개는 정말 한참 냄새를 맡고 돌아다니더니 갑자기 마음을 정한 듯, 여태까지와는 전혀 다른 태도로 쏜살같이 달리기 시작했다. 냄새가 전보다 훨씬 강해진 것처럼, 개는 땅바닥에 코를 대는 법도 없이 줄이 팽팽히 당겨질 정도로 내달렸다. 홈즈의 눈빛을 보니 목적지가 가까워지고 있다고 생각하는 것이 분명했다.

우리는 이제 나인 엘름을 뛰어내려 가 화이트 이글 선술집 바로 다음의 브로데릭 앤 넬슨 목재 야적장에 도착했다. 여기까지 오자 개는 미친 듯이 흥분해서 커다란 목재 야적장으로 통하는 쪽문으로 달려 들어갔다. 목재 야적장에선 일꾼들이 벌써 나와 톱질을 하고 있었다. 개는 톱밥과 나뭇조각 더미를 지나 좁은 길을 달려가다가 모퉁이를 돌더니 두 개의 목재 더미 사이를 지나갔다. 그리고 마침내 의기양양하게 짖어대며 아직 손수레에서 내려놓지도 않은 커다란 통 위로 뛰어올라 갔다. 토비는 통 위에서 혀를 쭉 빼물고 눈을 반짝이며 우리 두 사람을 연신 바라보면서 칭찬해 주기만을 기다렸다. 나무통의 널판과 손수레 바퀴에는 검은 액체가 잔뜩 묻어 있었고, 사방에 크레오소트 냄새가 진동하고 있었다.

셜록 홈즈와 나는 서로를 멍청히 바라보다 동시에 배를 잡고 눈물이 날 정도로 웃어댔다.

“이젠 어떻게 하지?”

나는 물었다.

“한 번도 실수한 적이 없다던 토비가 어떻게 됐나 보군.”

“토비는 냄새를 따라간 것뿐일세.”

홈즈는 말하고 개를 통 위에서 안아 내린 다음 목재 야적장 밖으로 데리고 나갔다.

“런던에서 수레로 운반되는 크레오소트의 양이 하루 어느 정도나 되는지 안다면 길이 엇갈린 것이 조금도 이상하게 생각되지 않을 걸세. 크레오소트는 지금 널리 쓰이고 있지. 특히 목재의 건조 과정에서 말이야. 불쌍한 토비에게는 아무 잘못도 없어.”

“다시 냄새를 찾아야 할 것 같은데.”

“그래. 다행스럽게도 별로 멀리 갈 필요가 없네. ‘기사의 집’ 입구에서 개가 헷갈렸던 것은 거기서 냄새의 자취가 서로 반대되는 두 방향으로 뻗어 있기 때문이었을 걸세. 우린 엉뚱한 자취를 따라온 거지. 이제는 다른 쪽으로 가면 되네."

그것은 별로 어려운 일이 아니었다. 토비를 아까 쩔쩔매던 곳에 데려다 놓자, 토비는 한 바퀴 넓게 원을 그리더니 새로운 방향으로 달려가기 시작했다.

"혹시 아까 그 크레오소트를 신고 온 곳으로 우릴 데려가는 건 아닐까."

나는 근심스럽게 말했다.

"나는 그 점에 대해서도 생각해 보았네. 하지만 보다시피 개는 지금 인도로 가고 있지 않나. 하지만 통은 차도로 운반되어 왔을 걸세. 그래, 우린 이제 원래의 냄새를 찾은 거야."

개는 벨몬트 플레이스와 프린스가를 지나 강변 방향으로 달렸다. 그리고 브로드가의 끝에서 강으로 내려가더니 자그마한 잔교(棧橋)로 향했다. 토비는 잔교 끝까지 가서 그 너머의 어두운 강물을 바라보며 낑낑거렸다.

"우리의 운은 여기서 다했군."

홈즈가 말했다.

"그자들은 여기서 배를 탄 거야."

작은 나룻배 몇 척이 물 위에 떠 있거나 잔교에 묶여 있었다. 우리는 토비를 배에 일일이 태워주었다. 토비는 열심히 킁킁거렸지만 냄새를 찾지는 못했다.

　허술하게 만들어진 잔교 근처에 작은 벽돌집 한 채가 서 있었는데 창가에 나무 팻말 하나가 걸려 있었다. 위에는 큰 글씨로 '모드케이 스미스'라고 쓰여 있고 그 밑에는 "배 빌려드립니다."라고 쓰여 있었다. 그것은 증기선을 빌려준다는 말인 듯했다. 선창에 석탄이 잔뜩 쌓여 있는 것으로 보아 틀림없었다. 셜록 홈즈는 주위를 천천히 둘러보았다. 그의 얼굴이 어두워졌다.

　"조짐이 별로 안 좋아. 범인들은 예상외로 대단히 용의주도하군. 그들은 자신들의 도주로를 은폐하려고 했네. 사전에 치밀한 각본을 짜놓고 그에 따라 움직인 것 같아."

　홈즈가 그 집을 향해 다가가는데 현관문이 벌컥 열리더니 여섯 살쯤 돼 보이는 곱슬머리 사내아이가 뛰어나왔다. 그리고 커다란 수세미를 든 뚱뚱하고 얼굴이 불그레한 여인이 뒤쫓아 나왔다.

　"잭! 어서 와서 씻지 못하겠니?"

　여인은 소리쳤다.

　"빨리 와, 이 말썽꾸러기야. 아빠가 집에 와서 네 꼴을 보면 욕을 바가지로 퍼부으실 거다."

　"참 착한 아이구나!"

　홈즈는 전략적으로 접근했다.

　"볼이 빨간 게 정말 귀엽게 생겼구나! 자, 잭, 뭐 갖고 싶은 거 없니?"

　꼬마는 잠시 생각했다.

　"1실링 갖고 싶어."

아이가 말했다.

"그거 말고 더 좋은 건?"

"나는 2실링이 더 좋아."

꼬마 천재는 잠시 생각하다가 이렇게 말했다.

"옜다! 가져라! 참 착한 아이구나. 스미스 부인!"

"아이고 감사합니다, 선생님. 저 녀석이 원래 저렇답니다. 점점 제 힘으로는 감당하기 힘들어져요. 특히 남편이 며칠씩 집을 비울 때는 더하지요."

"남편께서 집을 비우셨다고요?"

홈즈는 실망한 목소리로 말했다.

"이거 어쩌나. 사실은 스미스 씨를 뵈러 왔지요."

"남편은 어제 새벽에 나가서 여태 안 들어왔답니다. 사실 걱정돼서 죽겠어요. 그런데 배를 빌리실 생각이라면 제가 태워드릴 수도 있는데요."

"전 증기선을 빌릴까 했지요."

"저런, 그러셨군요. 남편이 타고 나간 게 바로 증기선이지요. 제가 그래서 걱정하는 거랍니다. 왜냐하면 그 배에는 기껏해야 울위치까지 왕복할 수 있는 정도의 석탄밖에는 없었거든요. 남편이 나룻배를 타고 나갔으면 제가 걱정할 이유가 없지요. 왜냐하면 남편은 손님을 태우고 그레이브센드까지 갔다가도 거기서 일이 많으면 며칠씩 묵어 오곤 했으니까요. 하지만 석탄 떨어진 증기선으로 무얼 하겠습니까?"

"석탄이야 뭐 강변에 있는 선착장에서 좀 살 수도 있지 않겠습니까?"

"하지만 남편은 절대로 그러지 않거든요. 남편은 그런 데서는 석탄 몇 포대 값을 너무 비싸게 받는다고 몇 번이나 투덜거렸지요. 게다가 저는 그 나무다리 남자가 정말 싫답니다. 그 추한 얼굴하며 외국 사투리가 섞인 말투까지 말예요. 대체 걸핏하면 이 집 문을 두드리는 이유가 뭘까요?"

"나무다리 남자요?"

홈즈는 건성으로 놀란 척하며 말했다.

"그럼요, 선생님. 갈색으로 탄 원숭이 같은 얼굴을 하고 몇 번씩이나 우리 집 아저씨를 불러냈지요. 어젯밤에도 남편을 끌고 나간 것이 바로 그 사람이었답니다. 게다가 우리 남편은 그 사람이 올 걸 알고 미리 있었어요. 증기선의 시동을 미리 걸어놓았으니까요. 솔직하게 말씀드리면요, 저는 그것부터가 마음에 걸린답니다."

"하지만 스미스 부인."

홈즈는 어깨를 들썩하고 말했다.

"제가 보기엔 걱정하실 게 없을 것 같군요. 밤중에 여기 온 사람이 나무다리라는 걸 대체 어떻게 알 수 있단 말입니까? 그렇게 확신할 만한 이유가 없잖습니까?"

"그 남자 목소리요. 저는 그 굵고 탁한 목소리를 알고 있답니다. 그 사람은 문을 두드렸지요. 한 세 번인가 두드렸어요. 그리고 '일어나게, 친구. 나갈 시간이야.' 하고 말했지요. 남편은 큰아들 짐을 깨워가지고 나갔답니다. 나한테 변변한 말 한마디 없이 말예요. 저는 그 나무다리가 돌바닥에 탁탁 부딪치는 소리를 들었어요."

"그러면 나무다리 남자가 혼자서 온 건가요?"

"그건 알 수 없지요. 다른 사람 목소린 못 들었으니까요."

"어쨌든 실례가 많았습니다, 스미스 부인. 제가 찾는 건 증기선이라서. 혹시 소식을 알게 되면……, 그런데 가만있자. 그 배 이름이 뭐라고요?"

"오로라호예요, 선생님."

"아! 그게 혹시 노란 띠에 선폭(船幅)이 넓은 낡은 녹색 배 아니던가요?"

"아뇨. 그건 강에 있는 다른 배처럼 날씬하답니다. 색칠한 지도 얼마 안 됐지요. 검은 바탕에 빨간 띠 두 줄이랍니다."

"감사합니다. 스미스 씨한테 곧 좋은 소식이 있기를 바랍니다. 제가 강을 내려가다가 혹시 오로라호를 보면 부인이 걱정하고 있다고 전해 드리겠습니다. 굴뚝이 검은색이라고 하셨던가요?"

"아닙니다, 선생님. 검은 바탕에 흰 띠를 둘렀지요."

"아차, 그렇지요. 선체의 색깔이 검은색이었지요. 스미스 부인, 그럼 안녕히 계십쇼. 왓슨, 저 나룻배에는 사공이 타고 있군. 저걸 타고 강을 건너기로 하세."

홈즈는 나룻배에 앉아서 말했다.

"저런 사람들을 만나서 얘기할 때는 말일세, 상대의 얘기가 별로 중요치 않다는 인상을 심어줘야 하네. 안 그러면 굴처럼 입을 꼭 다물고 말지. 자꾸 어깃장을 놓으면서 들어야 필요한 정보를 다 뽑아낼 수 있다네."

"이제 할 일은 하나뿐이군."

나는 말했다.

"그게 뭔데?"

"증기선을 한 척 빌려서 강을 오르내리며 오로라호를 찾는 거지."

"여보게, 그건 쉬운 일이 아니라네. 오로라호는 여기서 그리니치 사이 어딘가에 정박해 있을 걸세. 다리 밑에는 몇 킬로미터에 걸친 잔교의 미로가 펼쳐져 있지. 우리끼리 찾으려고 한다면 며칠이 걸릴지 모르네."

"그럼 경찰한테 협조를 구하면 되지."

"아니야. 나는 마지막 순간에 애설니 존스에게 전화하겠어. 물론 존스가 그리 나쁜 사람은 아닐세. 그리고 나는 그의 형사로서의 자존심에 상처를 주는 행동도 하고 싶지 않아. 하지만 이왕 일이 이렇게 됐으니 혼자 힘으로 사건을 해결하고 싶네."

"그러면 선착장 관리인들에게 협조를 구하는 광고를 내볼까?"

"그건 절대로 안 되네! 그러면 놈은 추적의 손길이 바짝 따라붙었다는 걸 알고 해외로 도주할 걸세. 사실 범인들은 이 나라를 뜰 가능성이 높아. 하지만 신변이 안전하다는 확신이 들기 전까지는 섣불리 행동하지 않으려고 할 걸세. 우리한테는 존스의 기세등등한 태도가 도움이 되는 면이 있을 거야. 일간지에 그의 수사 방향이 대대적으로 실릴 테니까 말이야. 그러면 범인들은 수사진이 완전히 헛다리를 짚었다고 생각할 걸세."

밀뱅크 교도소 근처에서 배에서 내린 뒤에 나는 물었다.

"그러면 우리는 어떻게 하지?"

"저 이륜마차를 타고 집으로 가야지. 그리고 아침밥을 먹고 한 시간쯤 잠을 자두세. 오늘 밤에 다시 움직여야 할 것 같으니까. 전신국 앞에서 잠깐 내려야겠군. 여보게, 마부! 토비는 앞으로 쓸모가 있을 테니까 그냥 데리고 있기로 하지."

마차는 그레이트 피터가 우체국 앞에서 멈췄다. 홈즈는 그곳에서 전보를 쳤다.

"자넨 내가 누구한테 전보를 쳤을 거라고 생각하나?"

다시 마차가 움직이기 시작했을 때 홈즈가 물었다.

"글쎄, 잘 모르겠는걸."

"자네 내가 제퍼슨 호프 사건에서 베이커가 특공대를 동원했던 것을 기억하나?"

"그럼."

나는 웃으며 말했다.

"이 사건에서도 그 아이들의 활약이 대단히 중요한 역할을 할 걸세. 그 애들이 실패한다면 다른 방법을 찾아야겠지만 나는 먼저 그 애들을 동원하겠네. 전보는 나의 더러운 꼬마 부관 위긴스한테 보낸 거야. 그 애들은 아마 우리가 아침 식사를 마치기도 전에 들이닥칠 걸세."

이제 시간은 아침 여덟시를 지나 아홉시에 가까워지고 있었다. 간밤의 연이은 흥분의 뒤끝인지라 나는 몸이 녹초가 된 것을 느꼈다. 마음은 혼미했고 몸은 고단했다. 나는 내 친구처럼 범죄자 소탕에 대한 불타는 열정이 있는 것도 아니었고, 사건을 그저 추상적이고 지적인 문제로 볼 수 있는 능력도 없었다. 바솔로뮤 숄토의 죽음에 관해서라면 그에 대해 별로 좋은 얘기를 못 들었기 때문에 그를 살해한 범인들에 대해 들끓는 분노 같은 것은 없었다. 그러나 보물을 되찾는 것은 완전히 다른 문제였다. 적어도 보물의 일부는 당연히 모스턴 양의 것이었다. 보물을 되찾을 기회가 있는 한 나는 내 인생을 그 한 가지 목적에 기꺼이 헌신할 것이다. 물론, 내가 보물을 되찾아 온다면 그녀는 내 손길이 닿지 않는 곳으로 멀어질 가능성이 높았다. 하지만 그따위 생각에 연연하는 나약하고 이기적인 태도를 어찌 사랑이라 할 수 있겠는가? 홈즈가 범인을 잡기 위해 동분서주한다면, 내게는 보물을 되찾기 위해 분투해야 할 이유가 열 배는 더 있다.

베이커가로 돌아와 목욕을 하고 옷을 갈아입고 나니 기분이 상쾌했다. 거실로 들어가니 식탁에 아침 식사가 차려져 있고 홈즈는 잔에 커피를 따르고 있었다.

"이것 좀 보게."

홈즈는 껄껄 웃으며 어느 신문 기사를 가리켰다.

"열혈남아 존스 형사와 흔해 빠진 기자 하나가 사건을 이런 식으로 정리했네. 하지만 자네도 다 알고 있는 얘기니까 먼저 식사부터 하게."

나는 신문을 받아 들고 '어퍼 노우드의 기이한 사건'이라는 제목이 붙은 짧은 기사를 읽었다.

어젯밤 두시경(이것은 《스탠더드》 신문의 기사다.), 어퍼 노우드, 퐁디셰리 저택의 바솔로뮤 숄토 씨가 자신의 방에서 시체로 발견되었는바, 사건의 정황으로 보아 숄토 씨는 살해당한 것으로 추정된다. 숄토 씨의 몸에서 외상은 발견되지 않았지만 부친에게서 상속받았다는 고가의 인도산 보물이 사라졌다. 시신을 처음 발견한 사람은 고인의 동생 새디어스 숄토 씨와 함께 이 저택을 방문한 셜록 홈즈 씨와 왓슨 박사였다. 명성이 높은 경찰 수사관 애설니 존스 씨는 우연히 노우드 경찰서를 방문했다가 사건 신고가 들어온 지 30분 만에 현장에 출동

할 수 있었다. 이는 대단히 다행스러운 일이라 아니할 수 없다. 존스 씨는 풍부한 경험과 훈련을 통해 쌓은 실력을 발휘하여 즉각 범인 색출에 나서, 동생인 새디어스 숄토와 가정부 번스톤 부인, 랄 라오라는 인도인 집사, 그리고 맥머도라는 문지기를 체포하는 개가를 올렸다. 존스 씨는 탁월한 전문적 지식과 날카로운 관찰력을 토대로, 범인들이 방문이나 창문을 통해 집 안에 침입할 수는 없었고, 지붕의 들창을 통해 사건 현장으로 들어갔다는 사실을 밝혀냈다. 이로써 도둑(들)이 집 구조를 잘 알고 있었다는 사실이 드러난 것이다. 이는 절도가 우발적으로 이루어진 범행이 아니었다는 사실을 증명해 준다. 법집행자들의 신속하고 힘 있는 조치는 열의에 넘치는 탁월한 능력자가 현장 부근에 있는 것이 얼마나 큰 도움이 되는지를 보여준다. 우리는 이 사건을 계기로 경찰 수사력을 좀 더 지방으로 분산시켜 보다 치밀하고 신속한 사건 수사가 이루어지게 되기를 희망하는 바이다.

"어때, 훌륭한 기사 아닌가?"
홈즈는 커피 잔을 들고 빙글거리며 말했다.
"우리도 용의자로 체포될 뻔했던 것 같은데."
"그런 것 같아. 존스가 다시 한번 기세를 올린다면 우리들의 안전도 장담할 수 없을 걸세."
바로 그때, 아래층에서 시끄러운 벨 소리가 나더니 하숙집 주인 아주머니가 질색을 하며 큰 소리로 나무라는 소리가 들렸다.
"맙소사, 홈즈."

나는 엉거주춤 일어서며 말했다.

"저들이 정말 우리를 잡으러 왔나 봐."

"아닐세. 그렇게 나쁜 일은 아니라네. 베이커가 특공대가 온 것 같군."

홈즈가 말하는 동안 맨발로 우르르 계단을 뛰어오르는 소리, 시끌벅적하게 떠드는 소리가 들려왔다. 누더기를 걸친 더러운 부랑아 열댓 명이 들이닥쳤다. 소란스럽게 들어오긴 했지만 녀석들은 줄을 맞춰 서서 제법 규율 잡힌 모습을 보여주었다. 부랑아들이 기대에 찬 얼굴로 우릴 바라보는 가운데, 다른 녀석들에 비해 키도 크고 나이도 더 들어 뵈는 소년 하나가 점잔을 빼며 앞으로 나섰다. 별 볼 일 없는 무리 속에서 그렇게 뻐기는 모습을 보니 우스꽝스럽기 짝이 없었다.

"전보 받았습니다, 선생님."

위긴스가 말했다.

"그리고 그쪽도 준비시켜 놓았습니다. 표 값은 3실링 6펜스입니다."

"옜다."

홈즈는 얼마간의 돈을 꺼내주며 말했다.

"앞으로 그쪽은 너를 통해서 나한테 보고하도록 한다. 또 너희들이 이런 식으로 집에 들어오는 것은 용납할 수 없다. 하지만 이 얘기는 너희들이 다 같이 듣는 게 좋겠구나. 이번 임무는 오로라호라는 증기선과, 그 증기선의 주인인 모드케이 스미스를 찾는 일이다.

오로라호의 선체는 검은 바탕에 붉은 줄 두 개, 굴뚝은 검은 바탕에 흰 띠가 그려져 있다. 그 배는 강 어딘가에 정박하고 있을 거다. 한 녀석은 밀뱅크 건너편에 있는 모드케이 스미스 잔교에서 대기하며 오로라호가 돌아오는지 감시해라. 인원을 반으로 나눠서 강 양쪽을 철저히 뒤져야 한다. 소식이 있으면 재깍 알려다오. 알았나?"

"예, 대장님."

위긴스가 말했다.

"수고비는 전처럼 지급한다. 그리고 배를 찾아내는 녀석한테는 1기니 더 주지. 하루 치는 선불로 주마. 자, 그럼 출발!"

홈즈는 부랑아들에게 1실링씩 나눠주었고, 아이들은 와글와글 떠들며 계단을 내려갔다. 어느 틈에 거리로 나온 아이들이 물밀듯이

거리를 휩쓸고 갔다.

"배가 강에 있기만 하면 틀림없이 저 아이들 눈에 띌 걸세."

홈즈는 식탁에서 일어나 파이프에 불을 붙였다.

"저 아이들은 어디든 못 가는 데가 없고 못 보는 것이 없고 못 듣는 얘기가 없지. 내 생각에는 해 지기 전에 배를 찾았다는 연락이 올 것 같은데. 그동안은 결과를 기다리고 있을 수밖에 없네. 오로라 호나 모드케이 스미스 씨를 찾기 전까지는 끊어진 냄새의 자취를 찾아낼 수 없으니까."

"토비한테는 이 음식 찌꺼기를 주면 되겠군. 홈즈, 자네는 이제 잘 건가?"

"아니. 난 피곤하지 않네. 난 특이 체질의 소유자라네. 결코 일 때문에 피로해지는 법은 없으니까 말이야. 하지만 아무것도 안 하고 놀면 완전히 기진맥진해지거든. 난 담배를 좀 피우면서 아름다운 의뢰인 덕분에 알게 된 이 기묘한 사건에 대해 좀 생각해 봐야겠네. 사실 이렇게 쉬운 일은 없을 걸세. 나무다리의 사나이가 그렇게 흔할 리도 없는 데다가 공범도 그 못지않게 특이한 사람이니까."

"공범도?"

"난 공범에 관해 입을 다물고 있을 생각은 추호도 없네. 자네도 이제는 충분히 생각해 봤겠지? 자, 그럼 그자에 대한 정보를 종합하기로 하지. 우선 놈은 발이 아주 작고 신발을 신어본 적이 없는 것 같아. 맨발로 돌을 매단 곤봉을 들고 다니지. 몸은 아주 날렵하고 또 독침을 날린다네. 어때? 누구 같은가?"

"원주민!"

나는 소리쳤다.

"조너선 스몰의 동료였던 그 인도인 중의 하나가 아닐까?"

"그렇진 않을 걸세."

그는 말했다.

"처음에 그 이상한 무기들을 보고 나도 그런 생각을 했네. 하지만 특이한 발자국을 보니 생각이 완전히 달라졌지. 인도인 중에 키가 작은 부족이 있긴 하지만 그렇게 작은 발자국을 남길 만한 사람들은 없네. 또 힌두 사람은 발이 길고 좁지. 샌들을 신는 회교도들은 가죽끈이 엄지발가락 사이에 걸리기 때문에 엄지발가락 사이가 많이 벌어져 있고. 또 그렇게 작은 침을 쏠 수 있는 방법은 단 하나뿐일세. 대롱에 넣고 입으로 부는 거지. 자, 그러면 그 원주민은 어디에서 왔을까?"

"남아메리카……."

나는 자신 없는 목소리로 말했다.

홈즈는 손을 내젓고 서가에서 두툼한 책을 한 권 꺼냈다.

"이건 최근에 나온 지명 사전의 첫 권이네. 요즘 나온 것 중에서 가장 권위 있는 책일 거야. 여기 뭐라고 쓰여 있는지 볼까?"

안다만 제도, 수마트라 북쪽으로 544킬로미터 지점, 벵골 만에 자리 잡고 있다.

"어디 보자! 이게 다 뭐야? '습한 기후, 산호초, 상어 떼, 포트블레어, 죄수들의 막사, 러트랜드 섬, 미루나무…….' 아, 여기 있군!"

안다만 제도의 원주민은 세계에서 가장 작은 부족으로 추정된다. 그러나 일부 인류학자들은 아프리카의 부시맨, 아메리카 대륙의 디거 인디언, 푸에고 제도 사람을 꼽기도 한다. 안다만 제도 원주민의 평균 신장은 1미터 20센티미터가 채 안 되는데, 성장이 끝난 성인들 중에서는 이보다 훨씬 작은 사람들도 많다. 이들은 사납고 까다롭고 끈질긴 성향을 갖고 있지만, 한번 마음을 주면 가장 헌신적인 우정을 발휘하기도 한다.

"왓슨, 이 점을 기억해 두게. 그러면 계속 읽어볼까?"

이들은 선천적으로 보기 흉한 외모를 타고났는데, 머리는 기형적으로 크고 눈은 작고 매서우며 이목구비는 제멋대로이다. 그리고 손발이 유난히 작다. 완강하고 사나운 기질 탓에, 이들을 교화하려는 영국 관헌의 시도는 번번이 실패로 돌아갔다. 난파선의 선원들에게 이들은 항상 공포의 대상이 되었는데, 이들은 돌을 매단 곤봉으로 생존자의 머리를 때리거나 독침을 날린다. 이러한 학살 뒤에는 반드시 식인 축제가 벌어진다.

"어때, 정말 대단한 사람들 아닌가? 만약 이 친구가 무기를 갖고 달아났다면 사건은 훨씬 더 끔찍해졌을 거야. 만약 그렇게 됐다면 조녀선 스몰은 그 친구를 끌어들인 일을 크게 후회하게 될걸."

"그런데 안다만 제도의 원주민하고 어떻게 알게 됐을까?"

"아, 그건 내가 말할 수 있는 부분이 아니지. 하지만 스몰이 안다만 제도에서 복역했던 일을 생각한다면, 그 섬의 주민과 함께 있는 게 그렇게 이상하지는 않네. 아무튼 조만간 진상을 알게 될 걸세. 그런데 왓슨, 자네 아주 고단해 보이는군. 그 소파에 눕게. 내가 재워 줄 테니까."

홈즈는 구석에서 바이올린을 집어 들었다. 내가 소파에 눕자 그는 꿈꾸는 듯 나지막한 선율을 연주하기 시작했다. 그것은 자작곡임에 틀림없었다. 그는 즉흥 연주에 놀라운 재능을 타고났으니까. 홈즈의 여윈 손과 집중한 얼굴, 활의 오르내림이 눈앞에서 가물가물해졌다. 나는 부드러운 소리의 바다를 고요히 떠다니다 어느새 꿈나라에 들어간 것 같다. 꿈속에서는 마리 모스턴의 아름다운 얼굴이 나를 내려다보고 있었다.

빠진 고리

나는 오후 늦게 잠에서 깨어났다. 자고 나니 온몸에 활력이 솟구쳤다. 셜록 홈즈는 바이올린만 내려놓았을 뿐 아까 내가 잠들기 전과 똑같은 자세로 앉아서 책을 들여다보고 있었다. 내가 자리에서 일어나자 홈즈는 이쪽을 건너다보았다. 그의 표정은 어두웠고 수심이 어려 있었다. 홈즈가 말했다.

"곤하게 자더니만 우리 말소리를 듣고 깬 모양이군."

"난 아무 소리도 못 들었는데."

나는 대답했다.

"그럼 뭐 새로운 소식이라도 왔나?"

"불행히도, 없네. 솔직히 말해서 놀랍기도 하고 실망도 되는군. 난 지금쯤이면 분명히 어떤 소식이 있을 거라고 생각했거든. 위긴스가 방금 보고하러 왔네. 하지만 오로라호의 행방은 오리무중이라고 하더군. 한 시간 한 시간이 중요한 판국에 이렇게 발이 묶여 있으니 죽을 지경일세."

"내가 할 일은 없나? 나는 이제 몸이 완전히 회복돼서 오늘 밤에는 너끈히 나가 다닐 수 있을 것 같은데."

"지금 우리가 할 수 있는 일은 아무것도 없네. 그저 기다려야지. 우리가 밖에 나가서 없을 때 연락이라도 오면 시간만 더 지체될 걸세. 자네는 하고 싶은 일을 하게. 난 여길 지키고 있겠네."

"그럼 캠버웰에 가서 세실 포레스터 부인을 뵙고 와야겠군. 어제 부인이 나한테 집에 와달라고 했거든."

"세실 포레스터 부인을 만나러 간다고?"

홈즈는 의미심장한 미소를 지으며 물었다.

"물론 모스턴 양도 보고 말일세. 두 사람 다 일이 어떻게 된 건지 굉장히 궁금해했거든."

"나라면 여자들한테 너무 많은 얘기는 하지 않겠네."

홈즈가 말했다.

"여자들은 믿을 수 없는 존재거든. 그중 제일 낫다는 여자들도 말이야."

나는 그의 편협한 태도에 대해 따지고들 시간이 없었다.

"한두 시간 안에 돌아올 걸세."

나는 말했다.

"행운을 비네! 그런데 자네가 강을 건너갈 생각이라면 토비를 돌려주고 와도 될 것 같군. 이제는 개가 더 이상 필요할 것 같지 않으니까 말이야."

나는 개를 데리고 나와 핀친 길의 늙은 박제사에게 반 파운드를 얹어 돌려주었다. 캠버웰에 가보니 모스턴 양은 어젯밤의 모험으로 약간 피곤한 기색이었지만 일이 어떻게 됐는지 몹시 궁금해했다. 포레스터 부인도 호기심에 넘쳐 있었다. 나는 모든 일을 다 털어놓았지만 저 비극적인 사건의 끔찍한 부분에 대해서는 입을 다물었다. 즉, 숄토 씨가 살해당했다는 말은 했지만 구체적인 정황이나 살해 방법에 대해서는 말하지 않았다. 그랬음에도 두 여인은 몹시 놀라고 충격 받았다.

"꼭 한 편의 소설 같군요!"

포레스터 부인은 외쳤다.

"상처 입은 숙녀, 50만 파운드에 달하는 보물, 흉악한 식인종, 그리고 외다리 악당. 틀에 박힌 용이나 사악한 백작 대신이군요."

"그리고 구해 주러 달려온 두 기사분."

모스턴 양이 나에게 따뜻한 눈길을 보내며 덧붙였다.

"마리, 네 운명은 이 사건이 어떻게 해결되느냐에 달려 있구나. 어쩜 너는 그렇게 아무렇지도 않은 얼굴을 하고 있니? 앞으로 어마어마한 부자가 되어서 온 세상을 네 발아래 무릎 꿇린다고 생각해 보렴."

모스턴 양이 그런 가능성 앞에서 별로 기뻐하는 빛이 없는 걸 보고 나는 은근히 기분이 좋았다. 오히려 그녀는 그런 것에는 별로 관심 없다는 듯 고개를 외로 꼬았다.

"전 새디어스 숄토 씨가 걱정스러워요."

모스턴 양은 말했다.

"그보다 더 중요한 일은 없어요. 숄토 씨는 저에게 너무도 친절하게 대해 주신 착한 분이세요. 우리는 응당 그분에게서 무서운 누명을 벗겨드려야 해요."

포레스터 부인 댁을 나온 것은 저녁 무렵이었는데 집에 와보니 벌써 어두워져 있었다. 친구의 책과 파이프는 의자 옆에 놓여 있었지만 주인은 온데간데없었다. 나는 혹시 메모라도 남아 있을까 하여 주위를 살펴봤지만 그런 것은 없었다.

"셜록 홈즈 씨는 외출한 모양이지요?"

나는 커튼을 내리러 올라온 허드슨 부인에게 물었다.

"아니요. 그분은 지금 방에 들어가 계신다오. 나는 말이에요……."

허드슨 부인은 의미 있게 목소리를 낮추었다.

"홈즈 씨 건강이 걱정돼서 죽겠어요."

"왜요, 허드슨 부인?"

"아, 홈즈 씨가 너무 별나게 행동하니까 그런 거 아니겠어요. 왓슨 박사가 나간 다음에 홈즈 씨가 어찌나 방에서 왔다 갔다, 계단을 오르락내리락하는지, 오죽하면 그 발소리가 시끄러울 지경이었겠소? 그런데 또 듣자 하니 뭐라고 혼잣말을 중얼중얼하면서 초인종이 울릴 때마다 방에서 뛰쳐나와서는 '허드슨 부인, 무슨 일입니까?' 하고 묻곤 했다오. 그러다가 조금 아까 방문을 쾅 닫았고 자기 방으로 들어갔지 뭐요. 그래도 여전히 방에서 왔다 갔다 하는 소리가 들리는걸, 뭐. 그러다 병이라도 나면 어쩌려고, 쯧쯧. 아까 홈즈 씨한테 신경 안정제 얘길 했더니, 나를 그냥 멀뚱멀뚱 쳐다만 봅디다."

"허드슨 부인, 걱정하실 필요는 없을 것 같군요."

나는 대답했다.

"홈즈 씨가 그런 것은 이번이 처음이 아닙니다. 사실은 요즘 조그마한 걱정거리가 있어서요."

나는 사람 좋은 하숙집 주인아주머니에게 일부러 아무렇지도 않은 듯이 말했지만, 밤새 그의 발소리가 멈추지 않자 나부터가 걱정스러웠다. 그의 예민한 정신은 이렇게 갑갑한 활동 중단 상태를 견디지 못하고 있는 것이다.

아침 식탁에서 셜록 홈즈는 피로하고 수척해 보였다. 열이 있는 듯 두 뺨에는 홍조가 있었다. 내가 입을 열었다.

"자네 얼굴이 말이 아니군. 난 자네가 밤새 방에서 왔다 갔다 하는 소릴 들었네."

"응, 잠을 잘 수가 없었어."

홈즈는 대답했다.

"밤새 그놈의 문제 때문에 고민했지. 다른 모든 문제가 다 풀렸는데, 그렇게 사소한 난관에 발이 묶여 있다니 정말 참을 수가 없군. 나는 범인이 누군지, 어떤 배를 탔는지를 비롯해서 모든 걸 다 알고 있네. 그런데 아무 소식도 들려오지 않는군. 나는 다른 조직들도 가동시켰고 내가 쓸 수 있는 수단은 다 동원했어. 강 전체를 양쪽 다

샅샅이 수색했지만 아무것도 찾아내지 못했고, 스미스 부인도 남편 소식을 모르고 있네. 이제 그자들이 배 밑바닥에 구멍을 뚫어 배를 침몰시켰다는 결론을 내려야 할 판국이야. 그런데 그럴 가능성은 없거든."

"혹시 스미스 부인이 수사에 혼선을 빚기 위해 우릴 속인 건 아닐까?"

"아니. 난 그렇지는 않다고 보네. 내가 조사한 바에 따르면 스미스 부인이 말한 것과 같은 증기선이 있다네."

"그럼 혹시 배가 강 상류로 올라간 건 아닐까?"

"그런 가능성에 대해서도 생각해 봤네. 그래서 수색대를 파견해서 리치먼드까지 조사하고 있지. 오늘까지 아무 소식이 없으면 내일은 내가 직접 나서서 배가 아니라 범인들을 찾아야겠어. 하지만 뭔가 연락이 올 거야. 틀림없어."

그러나 아무 소식도 없었다. 위긴스나 다른 조직에서는 한마디 소식도 전해 오지 않았다. 거의 모든 신문에서 노우드 사건을 다루고 있었다. 불운한 새디어스 숄토에 대해서는 모두가 다 적대적인 태도를 취하고 있는 듯했다. 하지만 다음 날 심리가 열릴 예정이라는 것을 빼면 그중에서 별로 새로운 내용은 없었다. 나는 저녁때 숙녀들에게 수사가 지지부진하다는 소식을 전하기 위해 캠버웰까지 걸어서 다녀왔다. 집에 와보니 홈즈는 침울하게 가라앉아 있었다. 그는 내 질문에 아무 대답도 하지 않고 저녁 내내 까다로운 화학적 분석에 몰두하여 증류기를 잔뜩 가열하여 증류하는 일을 반복했다.

마지막에 나온 지독한 냄새 때문에 나는 쫓기다시피 내 방으로 물러왔다. 새벽까지 시험관 딸그락거리는 소리가 들려온 것으로 보아 홈즈는 그때까지 악취 나는 실험을 계속한 것이 분명했다.

먼동이 터올 무렵, 언뜻 잠에서 깬 나는 홈즈가 선원들이 입는 허름한 재킷에 빨간 싸구려 스카프를 목에 두른 차림으로 머리맡에 서 있는 걸 보고 깜짝 놀랐다.

"왓슨, 이제 나는 강으로 내려갈 생각이네."

홈즈는 말했다.

"여러모로 생각해 봤는데, 방법은 딱 한 가지야. 어쨌든 해볼 만한 가치가 있는 일이지."

"그럼 나도 같이 가도 되겠지?"

나는 말했다.

"아니, 자네는 나를 대신해서 여기 남아 있는 게 낫겠어. 사실 나는 나가고 싶지 않네. 어젯밤에 위긴스가 비관적인 얘기를 하긴 했지만 오늘 안으로 무슨 연락이 올 게 틀림없으니까 말이야. 자네는 편지나 전보가 오면 나 대신 개봉하고 혹시 무슨 소식이 있다면 자네 판단에 따라 행동해 주게. 어때, 할 수 있겠나?"

"물론이지."

"나한테 전보 같은 걸 칠 수는 없을 걸세. 나도 오늘 내가 어디 있을지 알 수 없으니까. 하지만 운이 따라준다면 그다지 멀리 나가지는 않을 걸세. 이따가 돌아올 때는 뭔가 소식을 갖고 올 거야."

조반 전까지 홈즈에게선 아무 연락이 없었다. 하지만 《스탠더드》

신문을 편 나는 새로운 기사가 실려 있는 걸 보았다.

어퍼 노우드의 비극에 관해, 우리는 사건이 처음 생각했던 것보다 훨씬 복잡하게 꼬여 있다고 믿을 만한 이유를 갖게 되었다. 새롭게 밝혀진 증거에 따르면, 새디어스 숄토 씨가 어떤 식으로든 사건에 관계하는 것은 불가능했으리라 한다. 숄토 씨와 가정부 번스톤 부인은 어제저녁 석방되었다. 그러나 경찰은 진범에 관한 단서를 포착했고, 그 열성과 지혜로 명성이 높은 런던 경찰국의 애설니 존스 씨가 그것을 추적하고 있다고 한다. 조만간 범인은 체포될 것으로 전망된다.

'불행 중 다행이군.'

나는 이렇게 생각했다.

'어쨌든 친구 숄토 씨는 무사하니까 말이야. 하지만 새로운 단서를 포착했다는 건 의심스럽군. 이건 경찰이 실수를 저지를 때마다 상투적으로 하는 이야기 아닌가?'

나는 신문을 식탁에 내던졌다. 그러나 그때 개인 광고란에 실린 광고가 눈길을 잡아끌었다. 그것은 다음과 같았다.

실종 — 선주 모드케이 스미스와 그 아들 짐은 지난 화요일 새벽 세시경에 증기선 오로라호를 타고 스미스 선착장을 떠난 뒤 행방불명되었음. 배는 검은 바탕에 붉은 줄 두 개, 굴뚝은 검은 바탕에 흰 띠를 두르고 있음. 제보하여 주시는 분께 사례금 5파운드 드림. 모드케이 스미스나 오로라호의 소재를 아시는 분은 스미스 선착장의 스미스 부인이나, 베이커가 221B번지로 연락 바람.

이것은 홈즈의 작품임에 틀림없었다. 베이커가 주소가 실린 것만 봐도 분명했다. 나는 이 광고가 정말 기발하다고 생각했다. 범인들의 눈에는 실종된 남편 때문에 걱정하는 아내의 불안한 심정밖에는 보이지 않을 테니까.

긴 하루였다. 누가 문을 두드리거나 거리에서 급한 발소리가 들릴 때마다 나는 홈즈가 돌아왔거나 누가 광고를 보고 찾아온 거라고 생각했다. 나는 책을 읽으려고 해봤지만 지지부진한 수사와 우리가 뒤쫓고 있는 어울리지 않는 흉악한 짝패가 자꾸만 떠올랐다.

내 친구의 추리에 어떤 근본적인 결함이 있는 것일까? 홈즈는 뭔가 크게 착각한 것이 아닐까? 그의 명민하고 사색적인 정신이 어떤 잘못된 전제 위에 허약한 이론을 쌓아 올린 것이 아닐까? 나는 그가 틀리는 것은 한 번도 본 적이 없었지만 가장 뛰어난 이론가도 실수할 때가 있는 법이다. 나는 그가 논리를 지나치게 정교하게 다듬다가 실수했을 거라고 생각했다. 사실 홈즈는 평이하고 상식적인 이야기보다는 의표를 찌르는 기발하고 정교한 이론을 더 좋아하지 않는가 말이다. 하지만 나는 내 눈으로 직접 증거를 보았고, 그가 어떤 근거로 추리를 했는지를 알고 있다. 연속적으로 일어난 괴기한 사건들을 떠올려보면 아무리 사소한 것이라도 모두 한 가지 방향을 가리키고 있음을 알 수 있다. 설령 홈즈의 설명이 틀렸다고 하더라도 그에 못지않게 놀랍고 기이한 내막이 있으리라는 것을 인정하지 않을 수 없었다.

오후 세시, 누가 시끄럽게 벨을 눌렀다. 아래층에서 고압적인 목소리가 들려왔다. 놀랍게도 2층으로 올라온 사람은 다름 아닌 애설니 존스였다. 그러나 어퍼 노우드에서 자신감에 넘치는 태도로 현장 조사를 하며 오만하게 상식을 설교하던 모습은 온데간데없었다. 그는 풀이 죽은 얼굴에, 태도는 유순하다 못해 사죄하는 것 같았다.

"안녕하십니까. 셜록 홈즈 선생은 외출하신 것 같군요."

"예. 그 친구가 언제 올지 모르겠습니다. 하지만 기다리실 생각이라면 그 의자에 앉아서 이 시가라도 한 대 태우시지요."

"고맙소. 그럼 앉아서 기다리기로 하지요."

존스는 말하며 붉은 손수건으로 얼굴을 훔쳤다.

"위스키라도 한 잔?"

"좋지요. 하지만 반 잔만 주시오. 아주 더운 때가 돼놔서. 그런데 사실 나는 근심이 태산 같소이다. 박사도 이 노우드 사건에 대한 내 이론을 알고 계시지요?"

"예. 그때 말씀하신 걸 기억하고 있습니다."

"허 참, 그걸 재고하지 않을 수 없게 됐소. 나는 숄토 씨를 겨냥하고 그물을 쳤는데 그 사람이 그만 그 사이의 구멍으로 보기 좋게 빠져나갔지 뭐요. 도저히 뒤집을 수 없는 알리바이가 있었소. 숄토 씨는 형의 방에서 나온 다음부터 한 번도 다른 사람의 시야를 벗어난 적이 없었다 하오. 그래서 그 사람이 지붕을 타고 올라가 들창을 통해 다시 형의 방에 침입하는 일은 불가능했지요. 이 사건은 아주 흉악한 케이스인 데다가, 내가 형사로서 쌓은 명성이 하루아침에 무너질 지경이 됐소이다. 그래서 누가 조금이라도 도와준다면 그 이상 기쁜 일이 없겠소."

"서로 돕고 살아야지요."

나는 말했다.

"그런데 친구분은 정말 대단한 사람이오."

존스 형사는 탁한 목소리로 확신에 차서 말했다.

"절대로 실패할 사람이 아니오. 나이는 아직 젊지만 수많은 사건에서 한 번도 실수하지 않고 길잡이 역할을 톡톡히 해냈지요. 수사 방식이 독특하고 가설을 세우는 데 좀 서두르는 경향이 있긴 하지만, 그래도 경찰에 투신했다면 아마 승승장구했을 거요. 뭐 딴 사람들이 알아도 상관없소. 나는 오늘 오전에 전보를 한 통 받고 홈즈 선생이 모종의 단서를 잡았다는 사실을 알게 됐소이다. 한번 보시려오?"

존스 형사는 주머니에서 전보를 꺼내 건네주었다. 그것은 열두시에 포플러 우체국에서 보낸 것이었다.

곧 베이커가로 갈 것. 내가 아직 돌아오지 않았다면 기다리기 바람. 현재 숄토 사건의 주범들을 추적 중. 오늘 밤 범인 체포에 나설 예정인데 동행해도 무방.

"정말 잘됐군요. 범인의 행방에 관한 단서를 다시 포착한 게 틀림없습니다."

나는 말했다.

"다시 포착했다고? 그러면 지금까지는 헤매고 있었다는 거로군요."

존스는 만족스러운 얼굴로 외쳤다.

"허허, 원숭이도 나무에서 떨어질 때가 있다더니. 물론 이 제보는 사실이 아닐 수도 있지만 법을 집행하는 형사로서 최선을 다하는 것이 내 임무요. 그런데 누가 온 것 같소이다. 홈즈 선생인가 보오."

무거운 발소리가 계단을 올라오고 있었다. 몹시 숨이 찬 듯 사내는 가래 끓는 소리를 내며 숨을 몰아쉬고 있었다. 계단을 오르는 것이 힘에 부쳤는지 한두 번 걸음을 멈추기도 했지만 그는 마침내 계단을 올라와 방 안으로 들어섰다. 아니나 다를까, 노인이었다. 노인은 뱃사람처럼 보였는데, 선원들이 입는 허름한 웃옷을 걸치고 목까지 단추를 채우고 있었다. 등은 활처럼 굽었고 무릎은 부들부들 떨렸다. 천식을 앓고 있는지 숨 쉬는 것이 몹시 힘들어 보였다. 노인은 굵은 참나무 지팡이에 몸을 의지하고 어깨를 들썩이며 숨을 몰아쉬었다. 노인은 색색의 스카프로 턱까지 감싸고 있었는데, 숱이 많은 새하얀 눈썹과 잿빛 구레나룻을 빼면, 밖으로 드러난 것은 날카롭게 반짝이는 검은 눈뿐이었다. 노인은 젊어서는 이름난 선장이었을지도 모르지만 이제는 몰락하여 병고와 가난에 시달리고 있는 듯했다.

"노인장, 어떻게 오셨습니까?"

나는 물었다.

노인은 특유의 느릿한 태도로 찬찬히 주위를 둘러보았다.

"자네가 셜록 홈즈인가?"

노인이 말했다.

"아닙니다. 하지만 제가 홈즈 씨를 대리하고 있지요. 홈즈 씨에게 하실 말씀이 있다면 저한테 하십시오."

"나는 홈즈 그 사람한테 직접 말하려고 왔네."

노인이 말했다.

"하지만 제가 홈즈의 대리인이라고 하지 않습니까? 혹시 모드케이 스미스의 배에 관한 얘긴가요?"

"그래. 나는 그 배가 어디에 있는지 잘 알고 있지. 그리고 홈즈 그 사람이 쫓고 있는 사람들이 어디 있는지도 알고. 그뿐인가? 보물이 있는 데도 잘 알지. 나는 모든 걸 알고 있어.”

“그러면 저한테 말씀하세요. 그러면 제가 홈즈에게 전해 주겠습니다.”

“나는 그 사람한테 직접 말하려고 왔네.”

노인은 고집스럽게 같은 말을 되풀이했다.

“좋습니다. 그럼 홈즈가 올 때까지 기다리시지요.”

“싫어. 남 좋은 일 하자고 하루를 망칠 생각은 없어. 난 그냥 갈 테니까 셜록 홈즈더러 혼자 힘으로 알아내라고 해. 난 자네들이 어떻게 생각하든 상관 안 해. 난 한마디도 안 할 거야.”

노인은 발을 끌며 문을 향해 다가갔지만 애설니 존스가 앞을 막아섰다.

“잠깐, 영감님.”

존스 형사는 말했다.

“중요한 정보를 알고 계신가 본데 그냥 가시면 안 되지요. 영감님이 어떻게 생각하시든, 우리는 친구가 돌아올 때까지 영감님을 보내드릴 수가 없습니다.”

노인은 존스를 피해 문 쪽으로 달려가려고 했지만 어느 틈에 애설니 존스가 넓은 등판으로 문을 가로막고 있었다. 그제야 노인은 어쩔 수 없다는 것을 깨달은 듯했다.

“아니, 무슨 이런 경우가 다 있나!”

노인은 지팡이로 바닥을 찍으며 고함을 질렀다.

"나는 여기 셜록 홈즈라는 신사를 만나러 왔어! 그런데 생전 보도 들도 못한 것들이 나를 이 모양으로 대접해?"

"너무 그러실 거 없습니다."

나는 말했다.

"노인장께서 손해 본 시간은 보상해 드릴 테니까요. 여기 소파에 좀 앉아 계십시오. 홈즈는 금방 올 겁니다."

노인은 언짢은 듯 소파에 앉아서 두 손으로 턱을 고였다. 존스와 나는 다시 시가를 물고 이야기를 시작했다. 그런데 갑자기 홈즈 목소리가 들렸다.

"나한테도 시가 하나 주게."

존스와 나는 깜짝 놀라 자리에서 일어섰다. 홈즈가 소파에 앉아 웃고 있었다.

"홈즈!"

나는 소리쳤다.

"자네구먼! 그런데 노인장은 어디 가고?"

"노인은 여기 있네."

홈즈는 흰 머리털을 한 무더기 들어 보이며 말했다.

"바로 이걸세. 가발이랑, 수염, 눈썹 등등이지. 난 내 변장이 썩 괜찮다는 건 알고 있었지만 이렇게 무사히 시험을 통과할 줄은 몰랐네."

"이런 나쁜 양반 같으니!"

존스는 껄껄 웃으며 소리쳤다.

"선생은 배우가 됐더라면 크게 성공했을 거요. 진짜 구빈원에서 나 들을 수 있는 기침하며, 그 부들부들 떠는 다리로 일주일에 10파운드는 받겠소. 그래도 그 눈빛은 어디서 많이 본 듯했지. 선생도 우리 손에서 그렇게 쉽게 빠져나갈 수 있을 거라고 생각하진 않았겠지요?"

"나는 하루 종일 이런 차림으로 돌아다녔지요."

홈즈는 시가에 불을 붙이며 말했다.

"범죄자 집단이 나를 알아보기 시작했으니까요. 특히 이 친구가 사건 수사 기록을 책으로 펴낸 다음부터는 그렇습니다. 그래서 나는 탐문 수사를 하러 나갈 때는 항상 이렇게 간단하게 변장을 하지요. 제가 보낸 전보는 받으셨습니까?"

"그렇소. 그걸 보고 여기 온 거요."

"수사는 잘돼 갑니까?"

"성과가 전혀 없소. 나는 체포한 사람 둘을 풀어줄 수밖에 없었는데 나머지 둘에 대해서도 이렇다 할 증거가 없는 형편이오."

"염려하지 마십시오. 다른 두 놈을 잡게 해드릴 테니까요. 하지만 제 지시를 따르셔야 합니다. 범인 체포의 공로를 다 가져가도 좋지만 제가 하자는 대로 하셔야 합니다. 그렇게 할 수 있겠습니까?"

"물론이오. 범인을 잡게만 해준다면야."

"좋습니다. 그런데 빠른 경비정 한 척이 필요합니다. 증기선이어야 하고, 일곱시까지 웨스트민스터 선착장에 대기시켜 주셔야 합니다."

"그거야 쉬운 일이오. 경비정 한두 척이 항상 그 근방에 있으니까 말이오. 하지만 나가서 전화로 확인해야겠소."

"그리고 범인들이 저항할 경우에 대비해 장정 둘이 필요합니다."

"경비정에 경찰 두세 명이 타고 있을 거요. 또 다른 건?"

"범인들을 잡으면 우린 보물을 되찾게 될 겁니다. 그런데 여기 있는 내 친구는 그 보물의 절반에 대한 권리가 있는 숙녀분에게 보물 상자를 먼저 갖다주고 싶어 할 겁니다. 숙녀분이 맨 먼저 보물 상자를 열어보게 해주십시오. 어떤가, 왓슨?"

"그렇게 할 수만 있다면야 좋지."

"그건 절차상 상궤를 벗어난 건데."

존스는 고개를 설레설레 저으며 말했다.

"하지만 사건 전체가 다 상궤를 벗어난 것이니 그 정도는 눈감아

줄 수밖에. 하지만 보물을 본 다음에는 경찰에 넘겨야 하오. 공식적인 조사가 끝날 때까지는 경찰에서 보관해야 하니까 말이오."

"알겠습니다. 그거야 별거 아니지요. 또 있습니다. 저는 이 사건의 몇 가지 부분에 관해 조너선 스몰에게 직접 설명을 듣고 싶습니다. 아시다시피 저는 사건의 진상을 자세하게 알고 싶으니까요. 사실 경비만 제대로 한다면, 여기나 아니면 다른 장소에서 그자와 비공식적인 면담을 하는 게 문제 될 건 없지 않습니까?"

"좋소, 수사를 주도한 건 선생이니까. 사실 나는 이 조너선 스몰이라는 자의 존재에 대해서도 아직 모르고 있었소. 하지만 선생이 그자를 붙잡는다면 그자와 면담하는 걸 내가 거부할 명분은 없는 셈이오."

"그러면 얘기는 끝난 겁니까?"

"그렇소. 다른 건 없소?"

"다른 건, 오늘은 우리와 같이 저녁 식사를 해야 한다는 겁니다. 식사는 반 시간 안에 준비될 겁니다. 주요리는 굴과 꿩고기이고 괜찮은 백포도주가 나올 예정입니다. 그런데 왓슨, 자네는 주부로서의 내 능력을 과소평가하고 있지?"

원주민의 최후

식사는 즐거웠다. 홈즈는 기분이 내킬 때는 화려한 언변을 과시하곤 했는데, 오늘이 바로 그런 날이었다. 그는 약간 병적으로 고양된 상태에 있는 듯했다. 나는 홈즈가 이렇게 빛나는 것은 처음 보았다. 그는 주제를 바꿔가며 쉼 없이 얘기했다. 기적극, 중세의 도자기, 스트라디바리우스 바이올린, 실론의 불교, 미래의 전함(戰艦). 어느 한 분야 빠지지 않는 깊은 식견은 놀랍기만 했다. 빛나는 유머는 며칠간 계속된 깊은 우울증에 대한 반작용이었다. 알고 보니 애설니 존스는 평상시에는 사교적인 사람이었고 식탁에서는 미식가였다. 나로 말할 것 같으면, 사건 수사가 막바지에 이르렀다고 생각하니 기분이 좋았고, 게다가 홈즈의 쾌활한 기분에 전염되기도 했다. 식탁에서 우리를 한자리로 불러 모은 사건에 대해 언급하는 사람은 아무도 없었다.

식탁이 치워졌을 때 홈즈는 시계를 흘끗 들여다보고 잔 세 개에 포트와인을 채웠다.

"건배합시다."

그는 말했다.

"오늘 저녁 외출의 성공을 위하여. 자, 이제 나갈 때가 됐습니다. 왓슨, 자네 권총은 가지고 있나?"

"내 책상에 군용 리볼버가 하나 있네."

"그러면 그걸 가지고 가게. 유비무환이니까. 마차가 현관 앞에서 대기하고 있군. 내가 여섯시 반까지 오라고 예약해 놓은 마차일세."

웨스트민스터 선착장에 닿은 것은 일곱시 약간 넘어서였다. 증기선이 한 척 대기하고 있었다. 홈즈는 배를 요모조모 뜯어보았다.

"이게 경비정이라는 것을 나타내는 표시가 있습니까?"

"그렇소. 배 옆의 녹색 등이 바로 그거요."

"그러면 그걸 떼고 갑시다."

녹색 등을 떼어내고 우리는 배에 올라탔다. 존스와 홈즈, 나는 고물에 앉았다. 키잡이가 하나, 화부가 하나, 그리고 건장한 체구의 경사 둘이 앞쪽에 올라타고 있었다.

"어디로 갈까요?"

존스가 물었다.

"런던탑으로. 제이콥슨 조선소 맞은편에서 배를 세우라고 하십시오."

경비정은 과연 빨랐다. 우리는 짐 실은 돛단배의 긴 행렬을 쏜살

같이 지나쳤다. 우리가 어떤 증기선 하나를 멀찌감치 뒤로 따돌리자 홈즈의 얼굴에 함박웃음이 피어났다.

"우리는 강 위에 떠 있는 건 뭐든지 추월할 수 있겠군요."

홈즈는 말했다.

"글쎄, 꼭 그렇진 않을 거요. 하지만 우리를 따돌릴 수 있는 배들이 그리 많지는 않을 거요."

"우리는 오로라호를 따라잡아야 합니다. 그 배도 속도가 무진장 빠르다고 소문난 배입니다. 여보게 왓슨, 오늘 있었던 일에 대해 얘기해 줄까? 내가 그렇게 사소한 이유로 발이 묶여서 답답해하던 것 기억나나?"

"응."

"그래, 나는 화학 분석에 몰두하면서 마음을 깡그리 비웠지. 어느 위대한 정치인이 그런 말을 하지 않았던가? 최고의 휴식은 다른 일을 하는 거라고 말일세. 그건 사실이네. 나는 탄화수소를 가수분해하는 데 성공한 뒤에 다시 숄토 형제의 문제로 돌아갔지. 그리고 사건을 처음부터 끝까지 완전히 다시 생각해 보았어. 나는 애들을 시켜서 강줄기 양쪽을 샅샅이 뒤졌지만 아무 성과가 없었네. 오로라호는 어느 잔교나 선착장에서도 발견되지 않았고, 그렇다고 집에 돌아온 것도 아니었어. 하지만 범인들이 자신의 흔적을 감추기 위해 배 밑바닥에 구멍을 뚫어서 배를 침몰시켰을 리는 없었지. 물론 그런 가능성을 완전히 배제할 수 있는 건 아니었지만 말일세. 나는 그 스몰이라는 자가 잔꾀에 능하다는 걸 알고 있었네. 하지만 고등

교육을 받은 사람처럼 섬세하고 치밀한 계획을 세울 능력은 없다고 보았지. 그리고 나는 그자가 런던에서 한동안 머물렀을 거라는 사실을 고려했네. 그자가 퐁디셰리 저택을 지속적으로 감시했다는 증거가 있으니까 말일세. 그렇다면 그는 런던의 은신처를 쉽게 떠날 수는 없었을 걸세. 신변 정리를 위해서 단 하루라도 시간이 필요했을 거야. 어쨌든 나는 그쪽에 무게를 두었네.”

“내 생각하고는 좀 다르군.”

나는 말했다.

“스몰이란 자는 퐁디셰리 저택에 침입하기 전에 이미 신변 정리를 끝내지 않았을까?”

“아니, 난 절대로 그렇게 생각하지 않네. 유사시에는 은신처가 아주 중요하기 때문에 그자는 더 이상 그런 것이 필요하지 않다는 확신이 들기 전까지는 함부로 버리지 못할 걸세. 그런데 또 이런 생각도 떠올랐네. 조너선 스몰은 짝패의 용모가 기괴해서 아무리 옷으로 가린다 해도 남의 이목을 끌기 쉽고, 그러다 보면 노우드 사건과 결부될 수도 있다는 걸 알고 있으리라는 것이지. 놈은 웬만큼 머리가 돌아가니까 말이야. 놈들은 깜깜할 때 은신처를 향해 출발했는데 그자는 아마 밝기 전까지 그곳에 돌아가기를 원했을 걸세. 스미스 부인의 증언에 따르면 놈들이 배를 탄 것은 새벽 세시였네. 한 시간 뒤면 동이 트고 사람들이 일어나서 돌아다닐 시간이지. 나는 그들이 그렇게 멀리 가지는 않았을 거라고 생각했네. 그자들은 스미스에게 거액을 줘서 입을 막고, 최후의 도주를 위해 배를 예약해

놓았네. 그리고 보물 상자를 들고 은신처로 달려갔어. 이틀 동안 이들은 신문을 보면서 자신들이 혹시 용의 선상에 올라 있는지 확인할 시간적 여유를 가졌네. 이들은 아마 밤중에 그레이브센드항이나 다운스항에 가서 배를 타려고 할 걸세. 틀림없이 미국이나 다른 식민지로 가기로 했을 거야."

"하지만 배는? 배를 숙소로 끌고 갈 수는 없지 않나?"

"그렇지. 나는 배가 눈에 띄지는 않아도 그렇게 멀리 있을 리는 없다고 생각했네. 그래서 나는 스몰의 입장이 돼서 그만한 능력을 가진 사내의 눈으로 그 문제에 대해 생각해 보았지. 스몰은 경찰이 냄새를 맡고 따라왔을 경우, 배를 돌려보내거나 선착장에 정박시켜 놓았다가는 쉽게 추적당할 거라고 생각했을 걸세. 그러면 배를 숨겨놓았다가 원할 때 끌어내 쓸 수 있는 방법은 없을까? 내가 스몰이라면 어떻게 할 것인지를 생각해 봤어. 방법은 단 한 가지뿐이더군. 배를 조선소나 선박 수리소에 끌어다 놓고 사소한 걸 손봐 달라고 하는 걸세. 그러면 배를 효과적으로 감춰났다가 금세 끌어낼 수 있지."

"그것참 간단하군."

"사실 이렇게 간단한 것들이 간과되기 쉬운 법이라네. 하지만 나는 거기에 생각이 미치자 당장 선원 복장을 하고 나섰네. 그리고 강변에 있는 조선소를 샅샅이 살피고 다녔지. 난 열다섯 번째에서도 허탕을 쳤는데 열여섯 번째인 제이콥슨 조선소에서, 이틀 전에 웬 나무다리 사내가 오로라호를 맡기며 키의 어떤 부분을 손봐 달라고 했다는 얘길 들었네. '그런데 키는 아무렇지도 않더군요.' 감독이 말했네. '저기 빨간 줄이 있는 배가 오로라호지요.' 그런데 그 순간 누가 나타났는지 아나? 다름 아닌 실종된 선주 모드케이 스미스였네. 그는 완전히 고주망태가 돼 있었지. 물론 나는 처음에는 그가 누군지 몰랐지만 자기가 어느 배의 주인 아무개라고 고래고래 악을 쓰더군. '오늘 밤 여덟시에 배를 찾으러 올 거요.' 스미스가 말했네. '명심하시오. 여덟시 정각이외다. 내가 이따 두 신사 양반을 태우기로 했는데 기다리기를 아주 싫어하는 분들이거든.' 그자들은 스미스에게 돈을 듬뿍 집어준 게 틀림없었네. 주머니에서 돈을 꺼내 마구 뿌려대는 걸 보니까 알겠더군. 나는 스미스의 뒤를 밟았네. 하지만 그는 술집에 들어가더니 영 안 나오더군. 그래서 조선소에 다시 갔다가 우연히 내 밑에 있는 아이를 하나 만나서 녀석한테 배를 지키고 있으라고 했지. 그 애는 강가에 서 있다가 배가 출발하면 손수건을 흔들기로 했네. 우리는 좀 떨어진 곳에서 기다려야 해. 그러니 우리가 범인을 잡고 보물을 되찾지 못한다면 그거야말로 이상한 일이 될 걸세."

"그자들이 진범인지 아닌지는 모르겠지만 선생은 계획 하난 치밀하게 세웠소이다."

존스가 말했다.

"하지만 내가 선생이라면 경찰 1개 소대를 제이콥슨 조선소에 배치해 놓고 그자들이 오자마자 당장 체포할 거요."

"그게 잘되진 않았을 겁니다. 그 스몰이라는 자도 꽤 약삭빠른 인간이니까요. 그자는 미리 사람을 내보내 정찰한 다음 조금이라도 눈치가 이상하면 일주일 더 은신처에서 납작 엎드려 있을 겁니다.”

“하지만 모드케이 스미스를 족쳐서 그들의 은신처를 알아낼 수도 있잖나.”

나는 말했다.

“그렇게 했다면 시간만 낭비했을 걸세. 내가 보기엔 스미스가 그들의 거처를 알고 있을 확률은 1퍼센트밖에 안 되네. 술 마실 수 있고 돈 많이 받는데 구태여 질문은 무엇하러 하겠나? 그자들은 아마 스미스에게 사람을 보내서 연락할 거야. 그래, 난 모든 가능성을 다 따져봤지만 가장 그럴듯한 건 이거야.”

이렇게 대화를 나누는 사이에 배는 템스 강의 수많은 다리 밑을 쏜살같이 지나왔다. 런던의 구도시를 지나는데 세인트폴 성당 꼭대기에 걸린 십자가가 석양에 금빛으로 물들어 있었다. 런던탑에 도착하기 전에 황혼이 되었다.

“저기가 제이콥슨 조선소입니다.”

홈즈는 서리 방향으로 돛과 돛대가 삐죽삐죽 솟아 있는 곳을 가리켰다.

“저 나룻배의 행렬 뒤에 숨어서 강변을 따라 천천히 오르내리며 기다리기로 하지요.”

홈즈는 주머니에서 야간 망원경을 꺼내 잠시 저쪽을 살펴보았다.

“저기 내가 세워둔 보초가 있군요. 하지만 아직 손수건 같은 건 보이지 않아요.”

"하류로 좀 내려가서 잠복하는 건 어떻겠소?"

존스가 열띤 표정으로 의견을 내놓았다.

배에 타고 있는 사람들은 이제 모두들 흥분하고 있었다. 그것은 지금 일이 어떻게 돌아가고 있는지 잘 모르는 경찰관과 화부 들도 마찬가지였다.

"우리가 뭐든지 당연하게 여길 권리는 없습니다."

홈즈가 대답했다.

"그자들이 하류로 내려갈 가능성이 굉장히 높긴 하지만 그래도 장담할 순 없으니까요. 여기 있으면 조선소의 입구가 한눈에 들어오지만 그쪽에서는 여기가 안 보입니다. 오늘 밤은 날이 맑아서 환할 겁니다. 우린 여기에 머물러 있어야 합니다. 저 가스등 아래 사람들이 얼마나 모여 있는지 좀 보십시오."

"저 사람들은 조선소에서 일하고 나오는 모양이오."

"저들은 더럽기 짝이 없는 몰골을 하고 있지만, 그래도 나는 모든 인간의 내부에는 어떤 불멸의 불꽃이 하나씩 숨어 있다고 생각합니다. 하지만 저 사람들을 보면서 그런 생각이 나진 않을 겁니다. 뭐, 거기에 어떤 선험적 개연성이 있는 것은 아닙니다. 인간이란 참 불가해한 존재이지요!"

"어떤 사람은 인간을 가리켜 짐승의 내부에 숨은 영혼이라고 했네."

나는 말했다.

"그런 주제에 관해서라면 윈우드 리드의 책이 볼만하지."

홈즈는 말했다.

"그는 개체로서의 인간은 풀 수 없는 수수께끼이지만 군중 속의 인간은 수학적 확실성이 된다고 했네. 예를 들면, 우리는 한 개인의 행동을 예측할 수는 없어도, 평균적인 사람들의 행동을 정확하게 말할 수는 있지. 개체는 다양하지만 확률은 일정하다네. 이것이 바로 통계란 것이지. 그런데 저게 손수건 아닌가? 저쪽에서 뭔가 하얀 걸 흔들고 있는 것 같은데."

"그래, 자네 밑에서 일하는 아이군."

나는 외쳤다.

"육안으로도 아주 잘 보이네."

"앗, 저기 오로라호다."

홈즈가 외쳤다.

"무섭게 달리는군! 여보게, 기관사, 전속력으로 갑시다. 저 노란 등불을 단 배를 따라가시오. 맙소사, 만약 저 배가 더 빠르다면 나는 절대로 나 자신을 용서하지 못할 거야!"

오로라호는 조선소 입구에서 슬그머니 미끄러져 나와 두세 척의 작은 배 사이를 지나더니 어느새 속력을 높이고 있었다. 이제 그것은 엄청난 속도로 강물 위를 날 듯이 달려갔다. 존스는 침중한 표정으로 배를 바라보며 고개를 절레절레 흔들었다.

"저건 너무 빠르군. 우리가 따라잡을 수 있을지 모르겠어."

"따라잡아야 합니다!"

홈즈는 이를 악물고 외쳤다.

"화부! 석탄을 더 넣으시오! 속도를 최대로 높여요! 배를 태워먹는 한이 있어도 우린 저놈들을 잡아야 하오!"

이제 우리는 속력을 높여 오로라호를 뒤쫓고 있었다. 노(爐)에서는 요란한 소리를 내며 불길이 타오르고, 강력한 엔진은 거대한 기계 심장처럼 부릉거렸다. 날렵한 유선형의 뱃머리는 고요한 강물을 가르며 좌우로 두 줄의 흰 파도를 밀어 보냈다. 엔진이 요동칠 때마다 우리의 몸은 튀어 오르며 덜덜 떨렸다. 이물에 붙어 있는 큰 랜턴의 깜빡거리는 노란 빛이 앞으로 길게 퍼져나갔다. 오른쪽 앞으로 시커멓게 보이는 것이 바로 오로라호였다. 뒤에 남은 새하얀 포말은 그것이 얼마나 빠른 속도로 달리고 있는지를 말해 주었다. 우리는 나룻배, 증기선, 상선 사이를 요리조리 뚫고 지나갔다. 어둠 속에서 사람들이 고함을 질렀지만, 오로라호는 아랑곳없이 번갯불 같은 속도로 달려갔고 우리도 그 뒤를 바짝 쫓아갔다.

"여보게, 화부! 더 넣어요! 더!"

홈즈는 엔진실 안을 내려다보며 외쳤다. 무서운 기세로 타오르는 불길이 홈즈의 열중한 날카로운 얼굴을 비췄다.

"증기를 최대로 뽑아내요!"

"좀 가까워진 것 같은데."

존스는 오로라호에 시선을 고정하고 말했다.

"정말 그렇군요."

나는 말했다.

"몇 분 안에 따라잡을 수 있겠는데요."

하지만 그 순간, 나룻배 세 척을 매단 예인선 한 척이 앞으로 끼어 들었다. 기관사는 키를 홱 잡아당겨서 간신히 충돌을 면할 수 있었다. 예인선을 돌아서 다시 속도를 냈을 때 오로라호는 이미 200미터 이상 앞으로 달아나 있었다. 그러나 아직 시야를 벗어나진 않았다. 어느덧 흐릿한 황혼 빛은 사라지고 별이 빛나는 맑은 밤이 되어 있었다. 배의 기관은 최대로 가동되고 있었고, 무서운 에너지 때문에 빈약한 선체는 삐걱거리며 요동쳤다. 우리는 서인도 부두를 지나 긴 뎁퍼드 곶을 따라 내려가다가 독스 섬을 돌아서 다시 올라갔다. 눈앞의 시커먼 형체는 이제 날렵한 오로라호로 바뀌어 있었다. 존스가 탐조등을 비추자 배에 탄 사람들의 모습이 선명하게 드러났다. 한 사람은 고물 옆에 앉아 있었는데 무릎 사이에 놓인 까만 물체 위로 몸을 숙이고 있었다. 그 옆에는 뉴펀들랜드종의 개처럼 보이는 시커먼 덩어리가 있었다. 소년은 키를 잡고 있었고, 시뻘겋게 달아오른 노 앞에선 스미스 씨가 웃통을 벗어부친 채 죽을힘을 다해 석탄을 퍼 넣고 있었다. 그들은 처음에는 우리가 정말 자신들을 따라오고 있는지 긴가민가했겠지만 한결같이 따라붙는 것을 보고 추격당하고 있다는 사실을 깨달았을 터였다. 그리니치에 이르자 두 배 사이의 간격이 300보가량으로 좁혀졌다. 나는 여러 나라를 돌아다니며 사냥도 많이 했지만, 템스 강에서 이렇게 미친 듯이 달리는 배를 쫓는 것만큼 박진감 넘치는 사냥은 해본 적이 없었다. 두 배 사이의 간격은 점점 좁혀지고 있었다. 고요한 밤인지라 오로라호의 기관이 부릉거리는 소리가 다 들릴 정도였다. 고물에 앉아 있는 사람은 여전히 갑판 위로 몸을 굽히고 있었는데, 두 손을 부지런히 놀려 무슨 일인가를 하면서 가끔 고개를 들고 우리가 얼마나 따라왔는지 살피곤 했다. 우리는 점점 더 가까이 갔다. 존스가 정지하라고 고함쳤다. 질풍같이 달리는 두 배 사이의 간격은 배 네 척 길이만큼 좁혀졌다. 강기슭이 선명하게 바라보였다. 한쪽은 카빙 레벨이고 다른 한쪽은 플럼스테드 마시였다. 존스가 소리를 지르자 고물에 앉아 있던 사내가 벌떡 일어나서 두 주먹을 불끈 쥐고 흔들며 카랑카랑한 목소리로 욕설을 퍼부었다. 두 다리를 벌리고 선 그는 몸은 탄탄해 보였으나, 오른쪽 다리가 허벅지부터 나무 막대로 되어 있는 것이 또렷이 보였다. 그가 큰 소리로 욕을 퍼붓자 갑판 위에 웅크리고 있던 물체가 움직였다. 그 속에서 나온 것은 기형적으로 큰 머리에 고수머리를 한 키 작은 흑인이었다. 나는 그렇게 작은 사람은 처음 보았다. 홈즈는 벌써 리볼버를 꺼내 들고 있었고, 이 잔인하고 뒤틀린 인물이 모습을 드러내자 나도 재빨리 총을 꺼냈다. 흑인 사내는 검은색 외투인지 담요인지로 몸을 감싼 채 얼굴만 드러내고 있었다. 그러나 그 얼굴은 꿈에라도 나타날까 봐 무서울 정도였다. 나는 야수성과 잔인성이 그렇듯 깊이 새겨진 얼굴을 본 적이 없었다. 흑인 사내의 조그만 눈이 어두운 빛으로 반짝거리더니 두툼한 입술이 말려 올라가며 흰 이가 드러났다. 흑인은 거의 짐승 같은 분노를 드러내며 뭐라고 주절거렸다.

"저자가 손을 올리면 총을 쏘게."

홈즈가 나지막하게 소곤거렸다.

두 배의 간격은 이제 배 한 척 길이만큼 좁혀졌다. 두 사람이 서 있는 모습이 똑똑히 보였다. 백인은 다리를 벌린 채 거친 욕설을 뱉어냈고, 추한 용모의 난쟁이는 탐조등 불빛 속에서 우릴 향해 튼튼한 누런 이를 갈고 있었다.

밤이지만 날씨가 맑아서 그들의 모습이 선명하게 시야에 들어왔다. 우리가 보고 있는 앞에서 흑인은 자(尺)만 한 짧고 둥근 막대를 옷 속에서 뽑아 들더니 입에 물었다. 두 개의 권총이 동시에 불을 뿜었다. 흑인은 숨 막히는 기침 소리와 함께 두 팔을 벌리고 옆으로 강물에 빠졌다. 희게 부서지는 물결 속에서 잔인하고 무서운 두 눈이 언뜻 드러났다. 바로 그때 나무다리 사나이는 소년을 밀쳐내고 키를 세게 잡아당겨 뱃머리를 남쪽 강기슭으로 돌렸다. 우리도 재

빨리 뱃머리를 돌려 바로 몇 미터 뒤까지 쫓아갔다. 우리가 바짝 쫓아갔을 때 오로라호는 이미 강기슭에 다가가고 있었다. 그곳은 황량하고 적막한 곳이었다. 밝은 달빛이 고인 물웅덩이와 부패한 수생 식물이 깔려 있는 넓은 늪지대를 비추었다. 배가 철퍽 하는 소리와 함께 진흙 둑 위로 올라서면서, 이물은 허공에 뜨고 고물은 수면과 평행해졌다. 도망자는 비호같이 배에서 뛰어내렸지만 나무다리가 질척거리는 늪에 깊숙이 빠지고 말았다. 사내는 발을 빼려고 발버둥 쳤지만 헛수고였다. 그는 한 발자국도 떼어놓지 못했다. 사내는 무기력한 분노 속에서 고함을 지르며 미친 듯이 성한 발을 버르적거렸지만 그럴수록 나무다리는 끈적끈적한 진흙탕에 깊숙이 빠져들어 갔다. 우리가 오로라호 옆에 배를 댔을 때 나무다리는 땅속에 워낙 깊이 박혀서 그것을 끌어내기 위해 우리는 뒤에서 밧줄을 던져주어야만 했다. 조너선 스몰은 고약한 물고기처럼 밧줄에 매달려 우리 쪽으로 딸려 왔다. 스미스 부자는 풀이 죽은 채 배에 앉아 있다가 명령대로 순순히 경비정으로 옮겨 탔다. 우리는 오로라호를 끌어내서 경비정 꽁무니에 묶었다. 인도풍 장식이 새겨진 단단한 철제 상자가 갑판 위에 놓여 있었다. 이것이 바로 숄토 형제의 불길한 보물이 들어 있는 그 상자임에 틀림없었다. 열쇠는 없었지만 무게가 상당했기 때문에 우리는 그것을 조심스럽게 경비정의 작은 선실에 옮겨 실었다. 우리는 다시 서서히 상류로 거슬러 올라가면서 사방에 탐조등을 비췄지만 물에 빠진 안다만 원주민의 흔적은 찾을 길이 없었다. 지금 템스 강의 시커먼 진흙 바닥 어딘가에는 이국에서 온 이상한 손님의 뼈가 묻혀 있을 것이다.

"이걸 좀 보게."

홈즈는 목제 승강구를 가리키며 말했다.

"우리 총보다 한 박자 빨랐네."

우리가 서 있던 바로 뒤편에 낯익은 독침이 박혀 있었다. 우리가 권총을 발사한 순간 그것은 우리 사이로 날아와 박힌 것이 틀림없었다. 홈즈는 그것을 보고 웃으며 아무렇지도 않은 듯 어깨를 들썩했지만, 솔직히 말해서 나는 끔찍한 죽음이 그토록 가까이 다가왔다는 사실에 등골이 서늘했다.

아그라 보물

포로는 선실에 앉아 있었다. 그의 앞에는 그가 별별 행동을 다 하면서 그토록 오랫동안 기다려 손에 넣은 철제 상자가 놓여 있었다. 구릿빛으로 그을린 피부에 두려움을 모르는 눈동자, 갈색 얼굴에 가득한 주름살은 야외에서 힘들게 일하며 살아온 세월을 드러내고 있었다. 구레나룻을 기른 유난히 각진 턱은 그가 일단 목표를 세우면 쉽게 물러서지 않는 사람이라는 사실을 보여주었다. 나이는 50대로 보였다. 검은색 고수머리에는 희끗희끗하게 서리가 내려 있었다. 평상시의 얼굴은 전혀 불쾌한 인상이 아니었지만, 아까 보았던 것처럼 일단 화가 나면 굵은 눈썹과 고집 센 턱 때문에 무서운 표정으로 바뀌었다. 그는 이제 수갑 찬 손을 무릎에 올려놓고 고개를 떨군 채, 온갖 악행의 근원이었던 상자를 날카롭게 빛나는 눈으로 바라보았다. 내가 보기에 그의 굳은 표정에는 분노보다는 오히려 슬픔이 깃

들어 있는 듯했다. 그가 잠시 고개를 들었을 때 나와 눈이 마주쳤는데, 그의 눈에는 웃음기라고 할 만한 것이 어려 있었다.

홈즈는 시가에 불을 붙이며 말했다.

"조너선 스몰, 일이 이런 식으로 끝나게 되어 유감입니다."

"나도 그렇게 생각하오."

스몰은 꾸밈없는 어조로 말했다.

"내가 그 사건 때문에 교수형을 당할지도 모른다는 게 믿어지지 않소이다. 성경을 걸고 맹세컨대 나는 절대로 숄토 씨의 몸에 손을 대지 않았소. 그것은 저 작은 지옥의 사냥개 통가의 짓이오. 통가 녀석이 그 저주받을 침을 쏘았소. 난 그 일에는 책임이 없소이다. 나는 숄토 씨가 내 피붙이라도 되는 것처럼 애도했소. 나는 밧줄로 그 작은 악마를 후려쳤지요. 하지만 물은 이미 엎질러졌고 그것을 주워 담을 수는 없었소이다."

"담배 한 대 태우시지요."

홈즈는 말했다.

"그리고 몸이 많이 젖었으니 이 위스키라도 한 모금 마시는 게 좋겠습니다. 그런데 당신이 밧줄을 타고 올라가는 동안 그 흑인처럼 작고 약한 사람이 어떻게 숄토 씨를 제압할 수 있을 거라고 생각했지요?"

"선생은 꼭 거기 있었던 사람처럼 말하는구려. 사실 나는 그 방이 비어 있을 거라고 생각했소. 나는 그 집의 하루 일과를 알아놓았는데 그때는 숄토 씨가 아래층으로 내려가서 식사하는 시간이었소.

나는 아무것도 숨길 생각이 없소이다. 내가 할 수 있는 최선의 방어는 사실을 있는 그대로 털어놓는 거요. 그때 죽은 것이 늙은 소령이었다면 나는 가벼운 마음으로 교수대에 오를 수 있을 거외다. 나는 이 담배를 피우는 것처럼 간단하게 그자를 찔러 죽였을 거요. 하지만 나하고 말다툼 한 번 한 적 없는 숄토의 아들 때문에 체포되어야 한다니 참 기구하다 아니할 수 없소."

"당신은 런던 경찰국 애설니 존스 형사의 보호를 받게 될 겁니다. 존스 씨는 당신을 우리 집으로 데려올 텐데, 사건의 전말에 대해 솔직히 말해 주기를 바랍니다. 당신은 사실을 솔직히 털어놓아야 합니다. 그렇게 해준다면 나는 당신에게 도움이 될 수 있을지도 모릅니다. 나는 숄토 씨 몸에서 독이 너무 빨리 퍼졌기 때문에 당신이 방에 들어가기도 전에 그가 사망했을 거라고 증언해 줄 수도 있지요."

“정말 그랬소이다. 방에 들어갔을 때 나는 숄토 씨가 고개를 옆으로 떨군 채 나를 향해 웃는 모습을 보고 간이 떨어지는 줄 알았소. 통가 그 녀석이 도망치지만 않았어도 나는 녀석을 반쯤 죽여놨을 거요. 통가란 녀석은 나한테 혼쭐이 나는 바람에 곤봉을 놓고 가고 침 주머니까지 떨어뜨렸소. 녀석이 나중에 그런 얘기를 해주더군. 한데 당신이 내 뒤를 쫓을 수 있었던 건 바로 그것 때문 아니오? 아무튼 그건 내가 알 수 있는 일이 아니외다. 하지만 당신한테 원한 같은 건 없소. 하나 생각할수록 기이한 일이오.”

조너선 스몰은 괴롭게 웃으며 덧붙였다.

“현금 50만 파운드에 대한 정당한 권리를 가진 내가, 인생의 절반을 안다만 제도에서 방파제를 쌓으며 보내더니 이제 나머지 인생은 다트무어에서 도랑을 파며 보내게 생겼으니 말이오. 상인 아흐메트와 처음으로 시선이 마주쳐서 아그라 보물과 인연을 맺게 된 그날이 내게는 불길한 날이었던 거요. 아그라 보물은 그것을 소유한 사람에게 저주를 내렸소. 상인 아흐메트는 그것 때문에 살해됐고, 숄토 소령은 두려움과 죄책감에 시달렸으며, 나는 평생을 노예로 살게 됐소.”

이때 애설니 존스가 비좁은 선실 안으로 통통한 얼굴과 어깨를 들이밀었다.

“분위기 한번 오붓하군.”

존스는 말했다.

“홈즈, 그 위스키 한 모금만 주시오. 자, 이제 마음 놓고 자축해도 될 것 같소. 한 녀석을 산 채로 잡지 못한 게 마음에 걸리긴 하지만 그건 어쩔 수 없었지. 그리고 홈즈, 당신은 정말 훌륭하게 일을 처리해 주었소. 우리가 할 수 있는 일이라곤 앞서가는 배를 따라잡는 것밖엔 없었소이다.”

“모두가 잘해서 유종의 미를 거둔 거지요.”

홈즈가 말했다.

“그런데 나는 오로라호가 그렇게 빠른 배인 줄은 몰랐습니다.”

“스미스는 자기 배가 템스 강 일대에서 제일 빠른 증기선에 속한다고 하더군. 만약 기관실에서 도와주는 사람이 하나만 더 있었어도 자기 배를 따라잡지 못했을 거라나. 그런데 스미스는 노우드 사건에 대해서는 아무것도 몰랐다고 말하고 있소이다.”

“그건 사실이오.”

포로가 외쳤다.

“그 사람은 아무것도 모르오. 내가 스미스의 증기선을 택한 것은 그의 배가 정말 빠르다는 소문을 들었기 때문이오. 우린 그 사람한테 아무 말도 안 했소. 하지만 돈을 듬뿍 집어주었지. 그리고 우리를 그레이브센드항의 에스메랄다호까지 무사히 데려다주면 후하게 사례하기로 했소이다. 우리는 브라질로 떠날 예정이었소.”

“좋아, 스미스 선주가 잘못한 게 없다면 일이 잘못되지 않게 우리가 잘 봐줘야지. 우리는 범인을 잡는 일에는 비호같이 빨라도 사람을 기소할 때는 신중하거든.”

나는 공명심이 강한 존스가 범인이 체포되자 벌써부터 으쓱거리고 있다는 걸 알고 웃을 수밖에 없었다. 셜록 홈즈 또한 존스의 말을 듣고 미소를 금치 못했다. 존스가 말했다.

"우린 곧 복스홀 다리에 도착할 거요. 왓슨 박사, 박사는 거기서 보물 상자를 갖고 내리시오. 책임은 전적으로 나한테 있다는 건 두 말하면 잔소리가 될 거요. 관례를 벗어난 일이긴 하지만 약속은 약속이니까. 하지만 위탁품이 워낙 귀중한 것이니까 경사를 딸려 보내겠소. 물론 마차를 타고 가시겠지?"

"예. 그렇게 할 겁니다."

"열쇠가 없어서 유감 천만이오. 뚜껑을 열 수만 있으면 먼저 물품 목록을 작성해 놓을 수 있는데. 상자를 열려면 자물통을 부숴야 할 거요. 이봐, 열쇠는 어디 있나?"

"강바닥에 있소이다."

스몰이 짧게 대꾸했다.

"허! 대관절 무엇 때문에 이렇게 불필요한 말썽을 부리나? 우린 그렇지 않아도 너 때문에 고생이 많았단 말이다. 어쨌든 박사, 구태여 조심하라는 말은 안 하겠소. 보물 상자를 들고 베이커가로 오시오. 우린 거기 먼저 들렀다가 경찰서로 갈 테니까 말이오."

복스홀에서 나는 무거운 철제 상자를 들고 배에서 내렸다. 사람 좋은 경사가 나와 동행했다. 세실 포레스터 부인 댁까지는 마차로 15분 거리였다. 하인은 이렇게 늦은 시간에 손님이 오자 놀란 듯했다. 세실 포레스터 부인은 집에 없었는데 늦게 돌아올 거라고 했다. 하지만 모스턴 양은 응접실에 있었다. 그래서 나는 상자를 들고 응접실로 갔고, 친절한 경사는 마차에 남아서 기다렸다.

모스턴 양은 창문을 열어놓고 그 앞에 앉아 있었다. 그녀는 목과 어깨에 진홍빛 단을 댄 하늘거리는 흰 드레스를 입고 있었다. 갓 씌운 등잔이 불을 밝히고 있었는데 등나무 의자에 앉아 있는 그녀의 몸과 아름답고 침착한 얼굴이 은은히 빛나 보였다. 풍성한 머리채는 불빛을 받아 금속성으로 반짝거렸다. 모스턴 양은 흰 팔을 의자 옆으로 늘어뜨리고 있었는데, 온몸에서 짙은 우수가 풍겼다. 발소리를 듣고 깜짝 놀라 자리에서 일어선 그녀는 곧 반가운 미소를 지었고 창백한 뺨은 기쁨으로 달아올랐다. 그녀가 말했다.

"마차가 집 앞에 서는 소리를 들었어요. 저는 포레스터 부인이 일찌감치 들어오시나 보다고 생각했지요. 하지만 당신일 줄은 꿈에도 몰랐답니다. 오늘은 무슨 소식을 갖고 오셨나요?"

"저는 소식보다 더 좋은 걸 가져왔습니다."

나는 상자를 탁자에 올려놓고 짐짓 유쾌하고 떠들썩한 목소리를 꾸며서 말했다. 하지만 내 마음은 돌을 매단 듯 무거웠다.

"세상의 그 어떤 소식보다 더 귀중한 것을 가져왔지요. 나는 당신의 재산을 가져왔습니다."

모스턴 양은 철제 상자를 흘끗 바라보았다.

"그러면 그게 그 보물인가요?"

그녀는 담담하게 물었다.

"그렇습니다. 이게 바로 아그라 보물이지요. 절반은 당신 것이고 나머지 절반은 새디어스 숄토 것입니다. 두 사람한테 각각 20만 파

운드씩 돌아갈 겁니다! 생각해 보십시오! 1년에 1만 파운드의 연금
에 해당하는 금액입니다. 영국에서 당신보다 더 부유한 숙녀는 없
을 겁니다. 대단하지 않습니까?"

나는 기쁨을 좀 더 과장해서 보여줘야 했나 보다. 그녀는 나의 축
하 인사 속의 공허한 울림을 알아챘는지 눈을 동그랗게 뜨고 호기
심 어린 눈빛으로 나를 쳐다보았던 것이다. 그녀가 말했다.

"제가 그걸 갖게 되면, 그것은 순전히 박사님 덕분이에요."

"아니, 아닙니다."

나는 대답했다.

"제가 아니라 친구 셜록 홈즈 덕분일 겁니다. 저에게는 그의 천재
적인 분석 능력마저 쩔쩔매게 만든 단서를 추적할 수 있는 능력이
없었습니다. 사실 우리는 마지막 순간에 벽에 부딪쳤지요."

"왓슨 박사님, 여기에 앉아서 자초지종을 좀 얘기해 주세요."

그녀는 말했다.

나는 그동안 있었던 일을 간단하게 설명했다. 홈즈가 새로운 방
향으로 수사를 시작한 일, 오로라호의 발견, 애설니 존스가 찾아온
것, 저녁 시간의 외출, 템스 강에서의 숨 가쁜 추격전 등. 그녀는 입
술을 반쯤 벌린 채 눈을 빛내며 나의 모험담에 귀 기울였다. 홈즈와
나 사이를 아슬아슬하게 비껴 간 독침 이야기를 했을 때, 모스턴 양
은 얼굴이 하얗게 질려서 나는 그녀가 기절하는 줄 알았다.

"괜찮아요."

모스턴 양은 내가 얼른 물을 따라주자 이렇게 말했다.

"이제 괜찮아졌어요. 저 때문에 두 분께서 그런 위험을 겪었다고 생각하니 충격을 받았나 봐요."

"다 끝난 일인걸요."

나는 대답했다.

"그건 별일 아니었습니다. 이제 더 이상 우울한 얘기는 하지 말아야겠군요. 좀 더 밝은 얘기를 해볼까요? 여기 보물이 있습니다. 이것보다 더 신나는 일이 어디 있겠습니까? 저는 경찰의 허락을 받아서 이걸 여기 가져왔습니다. 모스턴 양께서 제일 먼저 보게 된다면 좋아하실 것 같아서 말이지요."

"물론 저로서는 큰 영광이지요."

그녀는 이렇게 말했지만 목소리에는 어쩐지 열기가 없었다. 그렇지만 그렇게 큰 희생을 치르고 얻어낸 보물에 대해 무관심한 태도를 취하는 것은 실례라고 생각한 것이 틀림없었다.

"상자가 참 예쁘군요!"

모스턴 양은 감탄하며 상자를 들어보려고 했다.

"상자만으로도 상당한 가치가 있겠어요. 열쇠는 어디 있지요?"

"스몰이 템스 강에 던져버렸습니다."

나는 대답했다.

"포레스터 부인의 부지깽이를 빌려야겠어요."

상자 앞면에는 좌불상(座佛像)이 새겨진 넓고 두툼한 걸쇠가 달려 있었다. 나는 걸쇠 아래 부지깽이를 밀어 넣고 그것을 지렛대 삼아 바깥쪽으로 비틀었다. 걸쇠는 큰 소리를 내며 떨어져 나갔다. 나는 떨리는 손으로 상자 뚜껑을 열어젖혔다. 우리는 깜짝 놀라 멍청히 보고만 있었다. 상자는 텅 비어 있었다!

상자가 무거운 것은 전혀 이상한 일이 아니었다. 쇠의 두께가 사방으로 1.5센티미터쯤 됐다. 그것은 귀중품을 보관하기 위해 제작된 무겁고 견고한 상자였지만 그 속에는 보석은커녕 쇠붙이 하나 들어 있지 않았다. 상자 안은 깨끗이 비어 있었다.

"보물이 사라졌군요."

모스턴 양이 담담한 어조로 말했다.

나는 그녀의 말을 듣고 나서야 그 의미를 실감할 수 있었다. 내 영혼에 드리워진 큰 그늘이 순식간에 걷혀버린 듯했다. 상자가 비어 있다는 걸 확인하기 전까지 나는 이 아그라 보물이 나를 얼마나 짓누르고 있는지 알지 못했다. 그것은 틀림없이 이기적이고 신의 없고 잘못된 태도였겠지만 내게는 오직 그녀와 나 사이를 가로막고 있던 황금 장벽이 사라졌다는 생각밖에는 없었다.

"만세!"

나도 모르게 이런 말이 터져 나왔다.

모스턴 양은 웃음을 머금고 나에게 묻는 듯한 시선을 던졌다.

"왜 그런 말씀을 하시는 거예요?"

그녀는 물었다.

"당신이 이제 내게 가까운 곳으로 다시 돌아왔으니까."

나는 그녀의 손을 잡았다. 그녀는 뿌리치지 않았다.

"왜냐하면 나는 한 남자로서 당신을 진심으로 사랑하니까. 왜냐

하면 이 보물, 이 부가 그동안 내 입을 막아놓았으니까. 마리, 이제 보물은 사라졌소. 그래서 나는 이제야 당신을 얼마나 사랑하는지 말할 수 있습니다. 그래서 만세를 부른 겁니다."

"그러면 저도 하느님께 감사해야겠군요."

내가 그녀를 곁으로 끌어당기자 그녀는 이렇게 속삭였다.

누가 보물을 잃었든 간에, 그날 밤 나는 보물 하나를 얻었다.

마차에서 기다리던 경사는 굉장히 참을성이 강한 사람이었다. 그는 내가 돌아올 때까지 한참을 기다려주었다. 빈 상자를 보여주자 경사의 표정이 어두워졌다.

"상급을 받기로 했는데!"

경사는 탄식조로 말했다.

"돈이 없으니 상급도 없겠군요. 만약 보물이 나온다면 오늘 밤에 수고한 대가로 샘 브라운과 나는 각각 10파운드씩 받기로 했지요."

"새디어스 숄토 씨는 부자입니다."

나는 말했다.

"그분은 보물이 나오든 안 나오든 상급이 돌아가도록 해주실 겁니다."

하지만 경사는 낙심한 듯 고개를 흔들었다.

"그건 안 될 말입니다. 애설니 존스 씨도 그렇게 생각하실 겁니다."

경사의 예상은 적중했다. 애설니 존스는 내가 베이커가로 돌아가 빈 상자를 보여주자 아연실색했다. 그들은 계획을 바꿔 도중에 서에 들러서 먼저 보고했기 때문에 이제 막 베이커가에 도착한 참이었다. 내 친구는 평소와 다름없이 무표정한 얼굴로 안락의자에 파묻혀 있었고, 스몰은 나무다리를 성한 다리 위에 올려놓고 홈즈의 맞은편에 멍하니 앉아 있었다. 내가 빈 상자를 보여주자 스몰은 상체를 뒤로 젖히며 큰 소리로 웃음을 터뜨렸다.

"스몰, 네 소행이군."

애설니 존스는 씩씩거리며 말했다.

"그렇다, 보물은 너희들이 결코 찾을 수 없는 곳에 내가 보관해 두었다."

그는 흥겨운 목소리로 외쳤다.

"그 보물은 내 거다. 내가 그걸 가질 수 없게 됐으니 아무도 손댈 수 없는 곳에 잘 보관해 놓아야지. 분명히 말해 두지만, 나하고 안다만 죄수 막사의 세 사람을 빼면 그 누구도 보물을 가질 권리가 없다. 이제는 나도 그 보물을 써보지 못하게 생겼고, 그 세 사람도 나와 같은 처지다. 나는 그동안 동지들을 대표해서 행동해 왔다. 우리는 항상 네 사람의 서명과 함께했다. 동지들이라도 숄토나 모스턴의 피붙이에게 보물을 넘겨주느니 템스 강 속에 그것을 처넣어버렸을 것이다. 우리가 그들을 부자로 만들어주기 위해 아흐메트를 해치운 것은 아니었으니까. 보물은 열쇠와 함께 난쟁이 통가 옆에 가라앉아 있을 것이다. 우리 배가 추월당하게 생겼을 때 나는 보물을 안전한 곳에 뿌리기 시작했다. 너희들은 나를 체포했지만 땡전 한 푼 건지지 못할 것이다."

"스몰, 너는 지금 거짓말을 하고 있어."

애설니 존스는 엄하게 말했다.

"네가 정말 보물을 템스 강에 던지고 싶었다면, 너는 상자째 통째로 내던졌을 것이다. 그게 훨씬 쉬웠을 테니까."

"던지기가 쉽다면 너희들이 찾기도 쉬울 테지."

스몰은 교활한 눈을 가늘게 떴다.

"내 뒤를 추적할 만큼 영리한 자라면 강바닥에서 철제 상자 하나 끌어 올리는 것쯤은 식은 죽 먹기일 거다. 이제 보물은 강바닥에 8킬로미터에 걸쳐 흩어져 있으니까 그걸 찾아내기는 쉽지 않을 것이다. 보물을 강물에 던지는 내 심정도 말이 아니었다. 너희들이 날 쫓아오는 걸 보고 난 정말 미칠 것 같았지. 하지만 이제 와서 한탄해 봤자 소용없는 일. 내 인생에는 좋은 일도 있고 나쁜 일도 있었다. 하지만 나는 지나간 일을 생각하며 울고불고하지 않는 법을 배웠다."

"스몰, 너는 실수한 거야."

형사가 말했다.

"네가 이런 식으로 정의 구현을 방해하는 대신 경찰의 일을 도왔다면, 재판 때 관대한 처분을 받을 수도 있었을 거다."

"정의라고!"

스몰이 으르렁거렸다.

"정의는 무슨 얼어 죽을 정의! 그 보물이 우리 게 아니라면 누구 건데? 보물을 가질 만한 자격이 없는 자들에게 그것을 넘겨주는 것이 정의란 말인가? 내가 그걸 어떻게 손에 넣었는지 알기나 해? 나는 20년 동안 저 푹푹 찌는 늪지대에서 낮이면 하루 종일 맹그로브 나무 아래서 일하고 밤에는 사슬에 묶인 채 더러운 죄수 막사에 갇혀 있었다. 그리고 모기 떼에 뜯기고 학질에 시달리고 백인 죄수를 괴롭히는 걸 낙으로 삼는 시꺼먼 교도관 놈들한테 이리저리 차이며 살아왔어. 나는 그렇게 해서 아그라 보물을 손에 넣은 거야. 그런데 너희들은 내가 이 피의 대가를 다른 놈이 즐길 수 있게 해주지 않았다고 해서 정의 운운하는 거냐? 엉뚱한 놈이 내 돈으로 으리으리한 집에서 편안하게 살고 있다는 걸 알면서 감방에서 살아가느니, 차라리 스무 번이라도 교수형을 당하거나 통가의 독침에 맞는 게 나을 거다."

스몰은 여태까지의 냉정한 태도를 버리고 불길이 이글거리는 눈으로 사자후를 토했다. 그가 흥분해서 두 손을 움직일 때마다 수갑이 절그럭거렸다. 나는 그가 격앙된 얼굴로 분노를 토해 내는 것을 보고, 숄토 소령이 나무다리 사나이가 자신을 쫓고 있다는 사실을 알았을 때 얼마나 큰 공포를 느꼈을지 이해할 수 있었다.

"우리가 전혀 내막을 모른다는 사실을 잊은 모양이군요."

홈즈가 조용히 말했다.

"당신은 아직 우리에게 사실을 말해 주지 않았고, 그래서 우리는 당신 주장이 얼마나 타당한 것인지 알 수 없소."

"좋소이다. 지금까지 선생은 아주 공정하게 말해 주었소. 물론 내가 이렇게 수갑을 차게 된 것이 순전히 선생 덕분이라는 건 나도 잘 알고 있소. 하지만 선생을 원망하지는 않겠소. 모든 일이 다 공명정대하게 이루어졌으니까 말이오. 당신들이 내 얘기를 듣고 싶다는데 굳이 숨기고 싶지는 않소. 맹세코 내가 하는 말은 한마디도 틀림없는 사실이오. 고맙소, 잔은 이 옆에다 놔주시오. 얘기하다 목마르면 그것으로 입술을 축일 테니까.

나는 퍼쇼어 지방의 우스터셔 사람이오. 아직도 거기엔 일가붙이들이 많이 살고 있을 거요. 그동안 고향에 가보고 싶은 생각이 없었던 건 아니지만 과거에 가족들에게 별로 믿음을 주지 못했기 때문에 가봤자 반겨줄 사람이 있을 것 같지 않았소. 일가들은 한결같이 얌전하고 교회에 열심히 다니는 농부들이오. 나는 다분히 떠돌이 기질이 있었던 데다가 항상 말썽을 일으켰지만 일가친척들은 지역에서 인정받는 착실한 일꾼들이었소. 하지만 열여덟 살이 됐을 때 나는 여자 문제로 말썽에 휘말렸고 그걸 피하기 위해 군에 입대했다가 인도로 떠나게 되었소.

하지만 나는 군인 노릇을 오래 할 운명은 아니었소. 겨우 제식 훈련을 끝내고 소총 다루는 법을 익혔을 때 나는 갠지스 강을 헤엄쳐 건너는 바보짓을 했소. 그런데 천만다행으로 같은 부대에서 물개로 소문난 존 홀더라는 하사가 옆에서 같이 헤엄치고 있었소. 내가 강을 절반쯤 건넜을 때 악어가 다가와 내 오른쪽 다리를 외과 의사처럼 깨끗한 솜씨로 물어뜯어버렸소. 무릎 위에서 말이오. 나는 쇼크와 출혈 때문에 정신을 잃었지요. 홀더가 나를 강둑으로 끌어내주지 않았다면 거기서 익사하고 말았을 거요. 나는 5개월간 병원 신세를 진 다음에 잘려 나간 다리에 나무토막을 동여매고 절룩거리며 걸을 수 있게 되었소. 그리고 육군에서 의병 제대를 했소. 하지만 나의 신체 조건으로는 할 수 있는 일이 아무것도 없었소.

당신들도 상상할 수 있겠지만 그 당시 나는 인생의 막다른 골목에 몰려 있었소. 스무 살도 되기 전에 아무짝에도 쓸모없는 불구자가 되어버렸으니 말이오. 하지만 내 불행은 곧 행운으로 이어졌소이다. 인도에 건너와 인도쪽(콩과에 속하는 열대산 관목 ─ 옮긴이) 농장을 시작했던 아벨 화이트라는 농장주가 농장에서 일하는 쿨리(제2차 세계 대전 전의 인도인과 중국인 하층 노동자를 이렇게 불렀다 ─ 옮긴이)들을 감독할 사람을 찾고 있었소. 그런데 사고를 당한 뒤에 나한테 각별히 마음을 써주던 우리 부대 대령이 그의 친구였소. 우여곡절이 많았지만 간단히 말하면, 대령이 나를 그 자리에 강력하게 추천했소. 왜냐하면 농장에서 쿨리를 감독하는 일은 주로 말을 타고 했는데, 내 허벅지가 안장에 달라붙어 있을 수 있을 만큼은 남아 있었기 때문에 다리 한쪽이 없는 건 큰 문제가 되지 않았던 거요. 내가 하는 일은 말을 타고 농장을 돌아다니면서 쿨리들이 일을 잘하는지 감시하고, 꾀를 피우는 자를 찾아내서 보고하는 거였소. 봉급도 상당했고 편안한 숙소도 생겼기 때문에 나는 인도쪽 농장에서 일하는 데 만족했소. 아벨 화이트 씨는 좋은 사람이었소. 그는 내 숙소에 종종 들러서 함께 파이프 담배를 피우기도 했소이다. 왜냐하면 인도에 있는 백인들은 여기 사람들과는 달리 같이 있기만 해도 마음이 편하고 든든했으니까 말이오.

하지만 행운은 오래가지 않았소. 아무 조짐도 없었는데 갑자기 큰 폭동이 일어난 거요(1857년에 일어난 세포이 항쟁을 뜻함. 영국 동인도회사에 고용된 인도인 용병, 즉 세포이들이 영국의 인도 지배에 저항하여 일으킨 반란. 성공하진 못했으나 이것을 계기로 영국은 동인도회사를 통한 식민지 지배를 좀 더 유화적인 여왕의 직접 통치로 바꾸었다—옮긴이). 인도는 영국의 한 지역처럼 고요하고 평화롭기 그지없었소. 그런데 갑자기 20만 명의 시커먼 폭도들이 몰려나와서 그곳을 완전히 쑥대밭으로 만들어버린 거요. 물론 여러분은 그 사건에 대해 나보다 훨씬 잘 알고 있을 거외다. 나는 원래 책이라곤 통 들여다볼 줄 모르는 놈이니까. 나는 오직 내 눈으로 본 것만 알고 있소. 우리 농장은 북서 지방의 국경선 부근에 있는 무트라라는 곳에 있었소. 밤마다 불타는 방갈로가 하늘을 온통 벌겋게 물들였고, 날마다 유럽인들이 처자식을 끌고 우리 농장을 지나 군대가 주둔해 있는 아그라를 향해 도망치는 모습이 보였소. 하지만 아벨 화이트 씨는 고집불통이었소이다. 그 사람의 머릿속에는, 폭동 소식이 과장되었을 뿐 아니라 폭동의 불길은 갑자기 일어난 것처럼 갑자기 사그라들 거라는 생각으로 가득 차 있었소. 아벨 화이트 씨는 발등에 불이 떨어진 줄도 모르고 태평스럽게 베란다에 앉아서 위스키를 홀짝거리며 담배를 피웠소. 물론 나는 도슨과 함께 그분 곁을 지켰지.

도슨한테는 농장의 사무와 관리 일을 맡고 있는 아내도 있었소. 그런데 어느 화창한 날에 올 것이 오고야 말았다오. 나는 멀리 떨어져 있는 농장에 갔다가 저녁 무렵에, 말을 타고 천천히 집에 돌아가고 있었소. 그런데 가파른 수로 바닥에서 어떤 물체가 웅크리고 있는 게 보였소. 나는 자세히 보려고 말에서 내렸다가 그게 바로 도슨의 아내라는 걸 알고 몸에 소름이 쫙 끼쳤소. 그 여자는 온몸이 갈기갈기 찢어진 채 자칼과 들개에게 몸이 반쯤 먹힌 상태였소. 길을 조금 더 올라가보니 도슨이 엎드린 채 죽어 있었소. 그는 손에 빈총을 쥐고 있었는데 그 앞에는 세포이 넷이 쓰러져 있었소. 나는 어느 길로 돌아갈까 고민하며 말고삐를 당겼소. 그런데 바로 그 순간, 아벨 화이트 씨의 방갈로에서 연기가 뭉클뭉클 피어오르며 지붕에서 화염이 치솟는 게 보였소이다. 나는 가봤자 화이트 씨를 구하지도 못하고 부질없이 내 목숨만 희생시키리라는 걸 깨달았소. 거기서 보니 아직 붉은 코트를 걸치고 있는 시커먼 악귀들 수백 명이 불타는 집 앞에서 춤추며 환호하는 모습이 보였소. 그중 몇 놈이 나를 발견하고 총을 쏘자 총알이 머리 위로 피웅피웅 날아갔소. 그래서 나는 말 머리를 돌려 달아나기 시작했소이다. 나는 무논을 지나서 그날 밤 늦게 아그라 성 안에 무사히 도착했소.

하지만 거기도 그렇게 안전한 곳은 못 되었지. 지역 전체가 완전히 벌집을 쑤셔놓은 듯했소이다. 그곳에서 영국인들은 몇 명 이상 모이기만 하면 총을 들고 방어에 나섰소. 다른 지역에서는 무력한 도망자 신세에 불과했소. 그것은 수백만 대 수백 명의 싸움이었으

니까. 그리고 그 수백만의 사람들 중에서 가장 잔인한 자들은 우리가 직접 선발해서 가르치고 훈련시킨 현지인 보병, 기병, 포병 들이었소. 그들은 우리의 무기를 들었고 우리 나팔을 불었소. 아그라에는 벵갈 제3연대 보병과 소수의 시크교도, 기병대 2개 중대, 포병대 1개 중대가 있었소. 점원들과 상인들이 군대에 자원입대했고, 나도 나무다리를 이끌고 입대했소. 우리는 7월 초에 샤군지로 나가 폭도를 맞아 싸웠는데 한동안은 우세한 듯하더니 화력이 떨어지면서 아그라 시로 퇴각해야만 했소.

사방에서 최악의 소식만 들려왔소. 그도 그럴 것이, 여러분도 지도를 보면 알겠지만 우리가 있는 곳이 바로 반란의 중심부였던 거요. 러크나우는 동쪽으로 160킬로미터 이상 떨어져 있었고, 칸푸르는 남쪽으로 또 그만큼 떨어져 있었소. 사방팔방에서 무자비한 살육이 자행되고 있었소이다.

아그라는 광신자와 온갖 종류의 악마 숭배자 들이 득실거리는 큰 도시요. 우리 부대는 미로 같은 비좁은 거리에서 길을 잃었소. 그래서 우리는 대장의 지휘에 따라 강 건너에 있는 아그라의 오래된 성으로 들어갔소. 혹시 이 중에서 그 오래된 성에 관해 알고 있는 신사가 있는지 모르겠소. 그곳은 아주 기묘한 곳이오. 나도 별별 곳을 다 다녀보았지만 그보다 이상한 곳은 보지 못했소. 무엇보다 그 성은 크기가 대단하다오. 면적이 몇 에이커가 되는지 모르오. 성에는 수십 개의 방으로 이루어진 현대적인 건물도 있었는데 그곳에 우리 수비대, 여자들, 아이들, 짐 보따리 등등이 자리 잡았소. 하지만 현대적인 건물의 크기를 오래된 부분과 비교하면 새 발의 피에 지나지 않았는데, 오래된 건물에는 사람의 발길이 끊어져 전갈과 지네가 득실거렸소. 오래된 성은 텅 빈 큰 홀과 꼬불거리는 통행로, 그리고 사방으로 뻗은 긴 복도로 이루어져 있었는데, 잘못 발을 들여놓았다가는 길을 잃기 십상이었소. 그래서 이따금씩 사람들이 무리를 지어 횃불을 들고 그 안을 탐색하러 들어가긴 했지만 혼자 들어가는 사람은 없었소.

성 앞으로는 강물이 흘러서 해자 역할을 했지만 양옆과 뒤쪽에는 수많은 문이 나 있어서 경비를 세워야 했소. 물론 우리는 군대가 주둔하고 있는 현대적인 건물은 물론, 성의 오래된 부분까지 지켜야 했소. 그런데 인원이 모자랐소이다. 건물의 모퉁이마다 세워놓을 보초도 모자라고 총도 모자랐소. 그러니 그 수많은 성문에 일일이 강력한 수비대를 배치하는 것은 불가능했던 거요. 그래서 우리는 성 한가운데 중앙 위병소를 차려놓고, 성문마다 백인 한 사람을 책임자로 하고 현지인 둘이나 셋을 그 밑에 배치하기로 했소. 나는 성의 남서쪽에 있는 작은 외딴 문의 야간 경비 책임자로 뽑혔소. 두 명의 시크교도가 내 밑에 배치되었고, 나는 무슨 일이 생기면 소총을 발사하라는 지시를 받았소. 그러면 중앙 위병소에서 당장 달려오겠다고 했지. 하지만 중앙 위병소는 거기서 200보 이상 떨어져 있었고, 그 사이에는 미로처럼 얽힌 복도가 가로막고 있었기 때문에, 내가 진짜 공격받는다고 했을 때 사람들이 제때 나를 구해 줄 수 있을 거라고 생각하기는 힘들었소.

하지만 나는 두 명의 부하를 지휘할 수 있게 된 것이 아주 자랑스러웠소이다. 나는 자원입대한 신병인 데다가 걸음걸이조차 자유롭지 않은 불구자였으니 말이오. 이틀 밤 동안 나는 펀자브 출신의 부하들과 함께 보초를 섰소. 그들은 둘 다 키가 크고 우락부락하게 생긴 노련한 전사들이었는데 이름은 마호메트 싱, 압둘라 칸이라고 했고, 칠리안 왈라에서는 영국군에 대항하여 싸운 적도 있는 치들이었소. 둘 다 영어가 유창했지만 내 앞에서는 영어로 말하는 법이 없었소. 둘은 서로 꼭 붙어 다녔고 밤새도록 그 괴상한 시크어로 시끄럽게 떠들어댔소. 나는 문밖에 서서 구불거리는 넓은 강을 내려다보기도 하고, 휘황한 대도시의 불빛을 바라보기도 했소. 크고 작은 북소리, 폭도들이 마약에 취해 고래고래 악쓰는 소리를 밤새 듣고 있노라면 강 건너편에 자리 잡고 있는 이웃이 얼마나 위험한 치들인지 마음 깊이 사무쳐왔소. 야간 근무를 하는 장교가 두 시간에 한 번씩, 아무 일 없는지 확인하기 위해 순찰을 돌았소.

야간 경계 근무에 나선 사흘째 밤은 비바람이 몰아치는 깜깜한 밤이었소. 그런 날씨에 몇 시간씩 성문을 지키고 서 있는 것은 정말 지루하기 짝이 없는 일이오. 나는 시크교도 부하들에게 몇 번이나 말을 걸어보았지만 그들은 한 번도 시원하게 대꾸해 주는 법이 없었소. 밤 두시에 야간 순시를 하는 장교가 와서 잠시 고적함을 달래주었소. 나는 부하들한테 말을 시키는 게 어렵다는 걸 알고, 파이프를 꺼낸 다음 성냥불을 켜기 위해 소총을 내려놓았소. 바로 그때 두 명의 시크교도가 내게 달려들었소. 하나는 화승총을 재빨리 집더니 내 머리에 총구를 겨누었소. 다른 하나는 큰 칼을 내 목덜미에 들이대고 한 발짝이라도 움직이면 찌르겠다고 험악한 말투로 협박했소.

맨 처음 떠오른 생각은 이 녀석들이 폭도들과 내통했구나 하는 거였소. 바로 이것이 공격의 시작이지 싶었소. 만약 이 문이 세포이의 수중에 떨어진다면 성은 함락되고, 부녀자들은 칸푸르에서와 똑같은 꼴을 당하게 될 것이 틀림없다고 생각되었소. 여기 있는 신사들께서는 내가 얘기를 꾸며대고 있다고 생각할지 모르겠지만 나는 그때 생각했던 것을 그대로 말하고 있을 뿐이오. 나는 목에 칼끝이 닿는 것을 느끼면서도 소리 지를 생각으로 입을 열었소. 비록 여기서 최후를 맞는다고 해도 중앙 위병소에 경고할 수 있다면 그것으로 족했소. 그런데 내게 칼을 들이댄 사내는 내가 무슨 생각을 하고 있는지 읽어낸 것처럼 이렇게 소곤거렸소. '소리 내지 마라. 성은 안전하다. 우리는 반도(叛徒)가 아니다.' 그는 거짓말을 하는 것 같지 않았고, 또 소리를 질렀다가는 그 길로 황천행일 것이 분명했소. 그의 갈색 눈에서 그걸 느낄 수 있었소이다. 그래서 나는 대관절 이자들이 나한테 원하는 게 뭔지 알아나보자는 생각으로 묵묵히 기다렸소.

'사힙, 내 말 잘 들어라.' 짝패 중에서 키가 더 크고 더 사납게 생긴 압둘라 칸이라는 자가 말했소. '우리와 함께 행동하든지 영원히 입을 다물든지 둘 중에 하나를 선택해라. 일이 급해서 꾸물거릴 시간이 없다. 너는 기독교인의 십자가에 걸고 진정으로 맹세하겠느냐? 아니면 오늘 밤에 시체가 되어 저 도랑에 처박히겠느냐? 우리

는 저 반란군 내에 있는 형제들한테 넘어가버리면 그만이다. 다른 길은 없다. 죽느냐, 사느냐, 어느 쪽이냐? 3분을 주겠다. 시간은 자꾸 가고 우리는 순찰이 오기 전에 모든 일을 끝내야 한다.'

'나더러 뭘 결정하란 말이냐?' 나는 물었소. '너희들은 나한테 원하는 게 뭔지도 말하지 않았다. 하지만 내 분명히 말해 두지만, 만약 성의 안전과 관계되는 거라면 나는 절대로 거래하지 않을 것이다. 그러니 어서 그 칼로 나를 찌르는 게 나을 거다.'

'그건 성의 안전과는 아무 상관 없다.' 압둘라 칸은 말했소. '우리는 너희들이 인도에서 찾는 것을 주려는 거다. 우리는 너를 부자로 만들어주겠다. 네가 오늘 밤 우리 편에 가담한다면 우리는 이 칼에 걸고 너에게도 정당한 몫을 주겠노라고 맹세하겠다. 시크교도(시크교는 이슬람교와 힌두교가 혼합되어 인도에서 발생한 종교로, 역사적으로 기존의 종교 세력들과 심각한 갈등을 빚었다 ──옮긴이)는 맹세를 어기지 않는다. 보물의 4분의 1은 네 거다. 그 이상 공평하게 분배할 순 없을 거다.'

'보물이라니?' 나는 물었소. '나도 물론 누구 못지않게 부자가 되고 싶다. 하지만 보물이 어디 있다는 건지 말해라.'

'그럼 먼저 맹세해라.' 압둘라 칸은 말했소. '네 아버지의 뼈에 걸고, 네 어머니의 명예에 걸고, 너희 기독교도들의 십자가에 걸고, 지금이든 앞으로든 절대로 우리를 배신하는 말과 행동을 하지 않겠다고 말이다.'

'맹세한다.' 나는 대답했소. '단, 성의 안전을 위협하지 않는다는

조건으로.'

'우리도 보물을 공평하게 네 몫으로 나눠서 그중 한 몫을 너에게 주겠다고 맹세하겠다.'

'하지만 여기는 세 사람밖에 없지 않나.' 나는 말했지요.

'아니다. 도스트 아크바르에게도 한 몫을 주어야 한다. 그들이 오는 걸 기다리는 동안 자초지종을 말해 주겠다. 마호메트 싱, 너는 성문을 지키고 있다가 그들이 오면 알려다오. 사힙, 사실은 이렇게 된 거다. 내가 너에게 이야기를 털어놓는 것은 백인들도 맹세를 가볍게 여기지 않을뿐더러, 네가 믿을 만하다는 사실을 알고 있기 때문이다. 네가 만약 거짓말쟁이 힌두교도였다면 그 거짓 사원에 있는 신들 전부를 걸고 맹세한다 해도, 이 칼에 네 피를 묻히고 몸뚱이는 강물 속에 던져버렸을 것이다. 하지만 시크인과 영국인은 서로를 잘 안다. 그러니 이제 내 말을 잘 들어보아라.

북부 지방에 작지만 풍요로운 지역을 다스리는 군주가 있다. 군주는 선대로부터 많은 재산을 물려받은 데다가, 황금을 얻으면 쓰기보다는 모아놓기를 좋아하는 구두쇠 기질 탓에 더 크게 부를 늘려놓았다. 이번 난리가 터졌을 때 군주는 사자 편도 들고 호랑이 편도 들었다. 다시 말하면 세포이 편도 들었다가 회사 편도 들었던 것이다(여기서 회사는 영국 정부가 인도 및 극동 지방과의 무역 촉진을 위해 설립한 동인도회사를 말한다. 처음에 이 회사는 독점적 무역 기구로 발족했으나 점점 정치적 성격을 띠어 영국의 제국주의적 침략의 앞잡이 노릇을 한다 ―옮긴이). 그런데 그의 눈에는 백인의 지배가 곧 끝날 것

처럼 보였다. 왜냐하면 사방에서 백인이 죽거나 패퇴한 소식밖에
는 들려오지 않았으니까. 하지만 조심성이 많은 군주는, 일이 어떻
게 되더라도 재산의 절반은 지킬 수 있는 묘안을 짜냈다. 그것은 금
과 은은 궁전 금고에 넣어두되, 자신이 모아둔 귀중한 보석과 최상
품 진주는 철제 상자에 넣어서 평화가 올 때까지 아그라의 성에 숨
겨놓는 것이다. 만약 반군이 승리하면 돈이 남고, 혹시 회사가 승리
하면 그래도 보석은 남을 거라고 계산했던 것이다. 이렇게 재산을
나눠서 보관하기로 결심한 군주는 충직한 하인을 상인으로 변장시
킨 다음 보물 상자를 들려 아그라로 보내고 자신은 세포이의 투쟁
에 가담했다. 왜냐하면 그쪽에선 세포이의 세력이 훨씬 강했으니까.
 아흐메트라는 이름을 쓰는 이 가짜 상인은 지금 아그라 시에 들
어와서 성 안에 들어올 기회를 엿보고 있다. 그는 여행 도중에 나와
의형제를 맺은 도스트 아크바르를 만나 동행하게 되었는데 아크바
르는 그의 비밀을 알게 되었다. 도스트 아크바르는 오늘 밤 이쪽 문
으로 그를 데리고 오겠다고 약속했다. 그들은 곧 올 것이다. 여기는
외진 곳인 데다가 그들이 여기 오는 걸 아는 사람은 아무도 없다.
우리는 상인 아흐메트를 없애버리고 군주의 엄청난 보물을 넷이서
나눌 것이다. 어떤가, 사힙?'
 우스터셔에서는 인간의 목숨이 중요하고 성스러운 것으로 보였
소. 하지만 도처에서 방화와 유혈극이 자행되는 곳에서 사람의 목
숨은 파리 목숨처럼 보였소이다. 일상적으로 목격되는 죽음에 익숙
해지는 거요. 상인 아흐메트가 죽는지 사는지는 내게 아무 의미 없

는 문제였소. 하지만 보물에 관한 얘기를 듣자 귀가 솔깃해졌소이다. 나는 보물을 갖고 영국에 돌아가서 무얼 할까 생각했소. 그리고 사람 구실 제대로 못 한다고 손가락질 받던 인간이 주머니마다 황금을 가득 채워 돌아간다면 고향 사람들이 어떤 눈으로 쳐다볼지도 생각해 봤소이다. 그래서 나는 벌써 마음을 굳혔는데 압둘라 칸은 내가 망설이는 줄 알고 좀 더 채근했소.

'사힙, 잘 생각해 봐라.' 그는 말했소. '만약 상인 아흐메트가 수비대에 잡힌다면 그는 교수형을 당하거나 총살당하고 보석은 정부에게 고스란히 압수당할 것이다. 그런데 우리는 상인을 체포한 다음에 정부를 대신해서 그 나머지 일을 해주는 것이다. 보물은 동인도 회사의 금고로 들어가는 대신 우리한테 돌아올 것이다. 그것만 있으면 우리 넷은 부자가 되고도 남는다. 여기에는 우리밖에 없기 때문에 아무도 이 일을 모를 것이다. 어떻게 하는 게 좋겠는가? 사힙, 우리 편에 설 것인지, 아니면 우리를 적으로 돌릴 것인지 빨리 결정해라.'

'나는 당신들과 행동을 같이하겠다.' 나는 이렇게 말했소.

'잘 생각했다.' 압둘라 칸은 나에게 총을 돌려주며 대답했소. '우리가 당신을 믿는다는 걸 이제 알겠지? 우리는 당신도 우리처럼 맹세를 굳게 지킬 거라고 생각한다. 이제 나의 의형제와 상인이 오기를 기다리는 일만 남았다.'

'그런데 당신 의형제는 당신이 어떻게 할 것인지 알고 있나?' 나는 물었소.

'계획은 그 형제의 머릿속에서 나온 것이다. 이제 문 앞으로 가서 마호메트 싱과 함께 보초를 서도록 하자.'

우기가 막 시작될 무렵이라 비가 줄기차게 쏟아지고 있었소. 시커먼 구름장이 하늘을 뒤덮고 있었기 때문에 시야는 극히 불량했소이다. 우리가 지키는 문 앞에는 깊은 해자가 있었는데 군데군데 물이 마른 곳이 있어서 해자를 건너기는 쉬웠소. 성문 앞에서 거칠기 짝이 없는 펀자브 출신의 두 짝패와 함께, 아무것도 모르고 호랑이 굴로 기어들어 오는 사람을 기다리다 보니 기분이 묘하더군.

갑자기 해자 저쪽에서 불빛이 반짝거리는 게 눈에 들어왔소. 불빛은 흙무더기 사이로 사라졌다가 다시 나타나며 서서히 이쪽으로 다가왔소.

'저기 온다!' 나는 소리쳤소.

'사힙, 보통 때처럼 당신이 수하(誰何)를 해라.' 압둘라가 소곤거렸소. '상인을 안심시킨 다음에 우리와 같이 안으로 들여보내라. 나머지는 우리가 알아서 처리할 테니 당신은 여기서 계속 보초를 서라. 그리고 상대가 맞는지 확인할 수 있게 등불을 비출 준비를 하고.'

불빛이 깜빡거리며 섰다 움직이다 하더니 드디어 해자의 건너편 둑 위로 시커먼 사람 그림자 둘이 나타났소. 그들은 경사진 제방을 굴러 내려와 진흙탕을 첨벙거리며 건너더니 이쪽 제방을 기어오르기 시작했소. 나는 그들이 둑을 절반쯤 올라왔을 때 수하를 했소.

'거기 누구냐?' 나는 작은 목소리로 물었소이다.

'친구들이오.' 대답 소리가 들려왔소. 나는 등불 덮개를 벗기고 그쪽으로 불을 비쳤소. 앞장서 올라오는 사람은 칠흑 같은 수염이 거의 허리띠까지 내려온 기골이 장대한 시크교도였소. 내 평생 그렇게 키가 큰 사람은 처음 보았소이다. 또 한 사람은 땅딸막한 인물로 큼직한 노란 터번을 두르고 보자기로 싼 물건을 들고 있었소. 터번을 두른 사내는 몹시 무서운 듯 두 손을 학질 걸린 사람처럼 부들부들 떨면서, 구멍에서 나오는 생쥐처럼 작고 반짝거리는 눈으로 연신 주위를 두리번거렸소. 그를 죽인다고 생각하니 끔찍했지만, 보물을 생각하자 내 마음은 부싯돌처럼 단단해졌소. 그는 내가 백인이라는 걸 알아보자 환성을 지르며 달려왔소.

'사힙, 저를 보호해 주십시오.' 그는 숨찬 목소리로 말했소. '불쌍한 상인 아흐메트를 보호해 주십시오. 저는 라즈푸타나에서 왔는데 아그라의 성에서 피난처를 구하고자 하옵니다. 저는 회사 편을 들었다고 약탈당하고 얻어맞고 모욕을 당했습니다. 저와 이 보잘것없는 물건이 다시 안전한 곳으로 왔으니 오늘 밤은 복 받은 밤이올시다.'

'그 꾸러미는 뭐냐?' 나는 물었소.

'쇠 상자이옵니다.' 상인은 말했소. '이 속에는 집안에 대대로 전해지는 물건 한두 가지가 들어 있사온데, 별 가치는 없지만 그래도 저한테는 귀중한 물건이옵니다. 하지만 저는 걸인은 아니옵니다. 저에게 피난처를 내주신다면 젊은 사힙과 그 상사 되는 분께도 사례를 하겠사옵니다.'

난 그 남자와 더 이상 얘기했다가는 안 될 것 같은 생각이 들었소. 겁에 질린 통통한 얼굴을 볼수록 마음이 약해져서 그자를 무자

비하게 해치우는 게 어려울 것 같았소. 빨리 얘기를 끝내는 게 최선
이었소이다.

'이 사람을 위병 대장 앞으로 데려가라.' 나는 말했소. 두 시크교
도와 거인이 상인을 에워싸고 어둠침침한 복도로 들어갔소. 상인은
완전히 죽음에 둘러싸인 꼴이 된 거요. 나는 등불을 들고 문 앞에
남았소.

적막한 복도에서 그들의 발소리가 규칙적으로 들려왔소. 그러다
문득 발소리가 그치더니 쾅 소리와 함께 사람들의 말소리, 어지러
운 발소리가 들려왔소. 그런데 잠시 후, 놀랍게도 요란한 발소리가
이쪽으로 달려왔소. 헐떡거리는 숨소리도 들려왔소. 나는 일직선의
긴 복도에 불빛을 비췄소. 저쪽에서 뚱뚱한 사나이가 얼굴에 피를
뒤집어쓴 채 바람처럼 달려오고 있었소. 그 뒤를 검은 수염을 기른
기골이 장대한 시크교도가 번쩍이는 칼을 든 채 호랑이처럼 쫓아오
고 있었소. 나는 그 상인처럼 발이 빠른 사람은 본 적이 없소이다.
두 사람 사이의 거리는 점차 벌어지고 있었는데, 나는 상인이 내 옆
을 지나 바깥으로 나가면 다시 그를 붙잡는 것은 난망(難望)이라는
걸 알 수 있었소. 상인이 측은하게 느껴지지 않은 건 아니었지만, 다
시 한번 보물에 대한 생각이 고개를 들었고 나는 마음을 독하게 먹
었소. 나는 상인이 내 곁을 지나갈 때 그의 다리 사이에 총을 찔러
넣었고 그는 총 맞은 토끼처럼 모로 두 번 굴렀소이다. 그리고 그가
일어서기도 전에 시크교도가 비호같이 덤벼들어 옆구리를 칼로 두
번 찔렀소. 상인은 신음 소리 한 번 내지 못하고 넘어진 그곳에 꼼

짝 않고 누워 있었소. 나는 그가 쓰러질 때 고개를 부러뜨렸는지도 모른다고 혼자 생각하곤 하오. 여러분도 아시겠지만 나는 지금 아까 한 약속을 지키고 있는 거요. 나한테 불리한지 유리한지 따져보지 않고 그때 있었던 일을 솔직히 털어놓고 있으니까."

스몰은 말을 멈추고 수갑 찬 손으로 홈즈가 따라놓은 위스키 잔을 집어 들었다. 나로 말할 것 같으면, 그가 과거에 저지른 무자비한 살인극뿐 아니라, 그 일에 대해 너무도 태연자약하게 말하는 것을 보고 전율을 느끼고 있었다. 그가 앞으로 어떤 처벌을 받을지는 모르지만, 내게서는 어떤 동정도 얻지 못할 것이다. 셜록 홈즈와 존스는 두 손을 무릎에 올려놓은 채 스몰의 이야기에 깊이 빠져 있었지만 얼굴에는 똑같이 혐오의 표정이 떠올라 있었다. 스몰은 우리들의 감정을 눈치챈 것이 틀림없었다. 이야기를 이어나가는 그의 목소리와 태도에 도전적인 빛이 엿보였다.

"물론 그것은 아주 좋지 않은 일이었소."

스몰은 말했다.

"하지만 목숨을 내놓고 일을 하고 나서 자기 몫을 거절할 사람이 어디 있겠소. 게다가 상인 아흐메트가 성내에 발을 들여놓은 이상, 그쪽이 죽지 않으면 내가 죽어야 했소. 만약 그가 도망쳐서 진상이 백일하에 드러나면 나는 군법 회의에 회부돼서 총살당했을 거요. 시절이 시절인지라 그 당시 사람들은 별로 관대하지 못했으니까 말이오."

"이야기를 계속하시죠."

홈즈가 짧게 말했다.

"좋소, 우리는 시체를 건물 안으로 끌고 들어갔소. 압둘라하고 아크바르하고 나하고 셋이서 말이오. 상인은 키는 작았는데도 몸무게는 꽤 나갔소. 마호메트 싱이 뒤에 남아서 문을 지켰소이다. 시크교도들은 시체를 숨겨놓을 곳을 이미 준비해 놓았소. 문에서 꽤 멀리 떨어진 곳이었소이다. 꾸불거리는 복도를 한참 내려가면 텅 빈 넓은 홀이 나오는데 그곳의 벽들은 거의 무너져 있었소. 그리고 한쪽으로 흙바닥이 푹 꺼져서 무덤처럼 된 곳이 있었소이다. 우리는 상인 아흐메트를 그 속에 내려놓고 무너진 벽돌 더미로 시체를 덮었소. 그리고 보물 상자를 찾으러 갔소.

보물 상자는 상인 아흐메트가 처음 공격당했을 때 떨어뜨린 그자리에 그대로 뒹굴고 있었소. 그게 바로 지금 저 탁자 위에 있는 상자요. 열쇠는 상자 위의 조각된 손잡이에 비단 끈으로 묶여 있었소. 우리는 상자를 열고 불을 비춰보았소. 생전 듣도 보도 못한 보물이 빛을 발했소. 눈이 부셔서 바라보기조차 힘들 지경이었소. 우리는 실컷 구경한 다음에 보물을 몽땅 꺼내서 목록을 작성했소. 거기엔 최상품 다이아몬드가 143개 들어 있었는데 그중 하나는 '위대한 무굴'이라는 이름을 가진 거였소. 그게 세계에서 두 번째로 큰 다이아몬드라고 합디다. 그리고 97개의 최상품 에메랄드와 170개의 루비, 그중에는 좀 작은 것도 있었소. 또 40개의 홍옥, 210개의 사파이어, 61개의 마노, 그리고 헤아릴 수 없이 많은 녹주석과 오닉스, 묘안석, 터키석 등이 들어 있었소. 당시에 나는 이 보석들의 이름을 알지 못했소. 또 300개에 달하는 품질 좋은 진주도 있었는데 그중 열두 개는 금관에 박혀 있었소. 그런데 금관은 그사이에 누가 꺼내 갔더군. 숄토의 집에서 보물 상자를 찾아온 다음에 열어보니까 그 안에 없었소.

우리는 보물의 목록을 작성한 다음에 도로 상자에 집어넣고 문을 지키고 있던 마호메트 싱에게 그것을 보여주었소. 그리고 언제나 서로를 위하고 비밀을 지키겠노라는 맹세를 엄숙하게 반복했소. 우리는 보물을 안전한 곳에 숨겨놓았다가 난리가 끝나면 그때 가서 공평하게 분배하기로 했소. 당장 그것을 나눠봤자 소용없었으니까 말이오. 왜냐하면 그런 고가의 보석을 갖고 있다가 발각되는 날엔 의심을 살 게 분명했고, 성내에는 개인이 사사로이 쓸 수 있는 공간이 없었소. 그리고 성 밖에는 보물을 보관해 둘 만한 마땅한 장소가 없었고 말이오. 그래서 우리는 시체를 묻어놓은 홀로 보물 상자를 가져가서 그중 제일 멀쩡한 벽의 벽돌을 들어내고 그 속에 상자를 숨겨놓았소. 그리고 그곳의 위치를 잘 표시해 놓았소. 다음 날 나는 도면 네 장을 그려서 모두에게 한 장씩 나눠주었소. 도면 아래에는 우리 넷의 서명을 넣었는데, 그것은 어느 한 사람이 이익을 취하는 일이 없이 모두가 전체를 위해 행동하기로 결의했기 때문이오. 나는 하늘에 맹세코 그 맹세를 한 번도 어긴 적이 없소이다.

세포이 반란이 어떻게 끝났는지는 여러분도 잘 알고 있을 거요. 윌슨이 델리를 점령하고 콜린 경이 러크하우를 수복한 뒤에 반란군의 기세는 한풀 꺾였소. 새로운 군대가 계속 투입되면서 나나 사힙은 국경을 넘어 도주했소. 그레이트헤드 대령이 이끄는 유격대는 아그라로 진격해 와 반도를 몰아냈소. 다시 평화가 깃들기 시작하는 것 같았고, 우리 넷은 보물을 나눠 가질 때가 가까웠다는 희망에 들뜨기 시작했소. 하지만 우리가 아흐메트의 살해범으로 급거 체포되면서 우리들의 희망은 한순간에 산산조각 나버렸소.

자초지종을 설명하면 이렇소이다. 군주가 아흐메트에게 보물을 맡긴 것은 그가 충직한 하인이라는 것을 알고 있었기 때문이오. 하지만 동양 사람들은 의심이 많소. 그래서 군주는 훨씬 더 충직한 하인을 골라서 아흐메트를 감시하는 역할을 맡겼소. 아흐메트에게서 절대로 눈을 떼지 말라는 명령을 받은 그 하인은 그를 그림자처럼 따라다녔소. 그리고 그날 밤에도 아흐메트의 뒤를 밟았다가 그가 성내로 들어가는 모습을 본 거요. 물론 그 하인은 아흐메트가 성 안에서 피신처를 구했을 거라고 생각하고 다음 날 자신도 입성 허가를 받았소. 하지만 아흐메트는 성내에 없었소이다. 이것을 수상하게 여긴 하인은 수비대의 상사에게 가서 사실을 고하고 상사는 다시 수비대장에게 보고했소. 당장 철저한 수색이 이루어졌고 시체가 발견되었소. 그래서 우리 넷은 이제 안전하다고 생각한 바로 그 순간에 체포되어 살인 혐의로 재판에 회부되었소. 셋은 그날 밤 그 문을 지키고 있었기 때문에, 그리고 나머지 하나는 살해당한 사람과 동행했다는 사실이 밝혀졌기 때문이었소. 재판 과정에서 보물에 대한 얘기는 한마디도 흘러나오지 않았소. 왜냐하면 그때 군주는 이미 폐위되어 국경 너머로 추방당했기 때문에 보물에 관해 말할 사람이 없었던 거요. 하지만 살인이 저질러진 건 분명했고 우리 넷이 범행에 가담했다는 증거도 뚜렷했소. 시크교도 셋은 종신형을 선고받았고 나는 사형을 선고받았지만, 나도 나중에 다른 사람과 똑같이 종신형으로 감형되었소.

그래서 우리는 참 이상한 처지에 놓이게 됐소. 우리 네 사람은 다리에 족쇄를 차고 다시는 바깥 구경을 하기 힘든 신세가 됐지만, 밖에 나갈 수만 있다면 모두가 대궐 같은 집을 짓고 떵떵거리며 살 수 있는 부자였으니 말이오. 엄청난 보물이 밖에서 다소곳이 기다리고 있는데 쌀밥에 맹물만 마시면서 하급 관리들의 발길질과 구타를 견디고 있자니 가슴이 바짝바짝 타들어가는 것 같았소. 나는 거의 미칠 지경이었소. 하지만 나도 고집 하나는 알아주는 인간이오. 나는 그저 참고 견디며 묵묵히 때가 오기를 기다렸소.

마침내 기다리던 기회가 온 듯했소. 나는 아그라에서 마드라스로, 거기서 다시 안다만 제도의 블레어 섬으로 이송되었소. 안다만에는 백인 죄수가 가뭄에 콩 나듯이 했고, 나는 처음부터 얌전하게 행동했기 때문에 금방 특권적인 지위에 올랐소. 나는 해리엇 산의 기슭에 있는 작은 마을 호프타운에 막사를 하나 배정받고 혼자 지낼 수 있게 되었소. 그곳은 이루 말할 수 없이 덥고 끔찍한 곳이오. 그리고 작은 정착촌 너머에는 기회만 있으면 독침을 쏘아대는 식인종들이 들끓고 있었소. 죄수들은 거기서 땅을 파고 도랑 치고 마를 재배했는데, 그것 말고도 할 일이 산더미 같았기 때문에 하루 종일 일을 해야 했소. 우리는 저녁때가 돼서야 자기 시간을 가질 수가 있었소. 나는 안다만 섬에서 여러 가지 일을 배웠는데 그곳 외과 의사한테 약을 조제하는 법과 그 밖에 다양한 의료 지식을 수박 겉핥기로라도 배웠소. 그러면서도 나는 호시탐탐 탈출할 기회를 노렸소. 하지만 안다만 제도는 육지에서 수백 킬로미터 떨어져 있었고 그나마 바다에는 바람도 거의 불지 않았소. 그래서 도망치는 것은 거의 불가능한 일이었지요.

소머튼이라는 그 외과 의사는 놀기 좋아하는 활발한 청년이었소. 그래서 젊은 장교들은 저녁마다 그의 방에 모여서 카드를 치곤 했소이다. 내가 약을 조제하던 수술실은 의사 방 옆에 붙어 있었는데 그 사이에 작은 창문 하나가 나 있었소. 나는 심심하면 수술실 불을 끄고 창문 앞에 붙어 서서 그들이 잡담을 하며 카드를 치는 모습을 구경했소. 나도 카드 치는 걸 좋아하지만 구경하는 것도 직접 치는 것 못지않게 재미있는 일이니 말이오. 거기 모이는 사람들은 인도인 부대를 지휘하는 숄토 소령, 모스턴 대위, 브롬리 브라운 중위와 의사, 그리고 절대로 돈을 잃는 법이 없는 교도관 두세 명이었소. 그들은 항상 그렇게 단출하게 모여서 카드를 치며 놀곤 했소.

그런데 그 사람들이 카드 치는 걸 구경하다 보니 군인들은 항상 잃기만 하고 민간인들은 따기만 하는 게 보이더란 말씀이오. 뭐 속임수가 있었다는 게 아니라, 그저 그렇다는 거요. 교도관들은 안다만에 온 뒤부터는 카드 치는 것 말고는 할 일이 없었던 사람들인지라 서로의 실력을 빤히 꿰고 있었소. 그런데 군인들은 심심풀이로 카드를 쳤기 때문에 그냥 되는대로였소. 밤마다 군인들은 돈을 잃었는데 그럴수록 그들은 카드에 빠져들었소. 돈을 제일 많이 잃은 건 숄토 소령이었소. 그는 처음에는 지폐와 금을 내놓더니 곧 약속어음을 쓰기 시작했소. 그것도 거액을 말이오. 그는 가끔씩 돈을 따서 용기를 얻기도 했지만 그다음에는 항상 더 많은 액수를 잃곤 했소. 숄토는 온종일 음울한 얼굴로 돌아다니곤 하더니 술을 입에 대기 시작했소.

어느 날 밤, 숄토가 평소보다 더 많은 돈을 잃었을 때였소. 막사에 앉아 있는데 숄토가 모스턴 대위와 함께 내 방 앞을 지나 숙소로 돌아가고 있었소. 두 사람은 죽마고우였고 어딜 가나 항상 붙어 다녔소. 소령이 큰 소리로 신세 한탄을 했소.

'모스턴, 이제 다 끝났어.' 내 방 앞을 지나가면서 숄토가 말했소.

'이제 사표를 써야겠네. 나는 완전히 빈털터리가 됐거든.'

'그런 말 하지 말게!' 모스턴이 숄토의 어깨를 토닥거리며 말했소. '나도 엄청나게 털렸다네. 하지만……' 내가 들은 건 여기까지였소. 하지만 그것으로 충분했소이다.

이틀 뒤 숄토 소령이 혼자 바닷가를 거니는 것을 보고 나는 그에게 접근했소.

'소령님, 드릴 말씀이 있습니다.' 나는 말했소이다.

'무슨 일이냐?' 숄토는 입에 물고 있던 궐련을 빼내며 물었소.

'예, 소령님의 조언을 듣고 싶습니다.' 나는 말했소. '숨겨놓은 보물이 있는데 그것을 누구에게 넘기는 게 좋을까요? 저는 50만 파운드에 달하는 보물이 숨겨진 곳을 알고 있지만 저 자신은 그것을 쓸 수 없는 신세입니다. 저는 그것을 정부 당국에 넘기고 형을 감면받는 게 낫지 않을까 생각하고 있습니다.'

'스몰, 50만이라고?' 숄토는 입을 딱 벌리고 내가 농담하는 게 아닌지 의심스러운 듯 뚫어지게 나를 쳐다봤소.

'그렇습니다, 소령님. 갖가지 보석과 진주입니다. 그것은 주인이 나타나기만 기다리고 있습니다. 그런데 보물의 주인은 법을 어긴 죄인이라 재산을 소유할 수 없으니 그걸 찾아내는 사람이 임자지요.'

'정부에 넘긴다……' 소령은 더듬거렸소. '정부에.' 하지만 나는 소령이 말을 더듬는 꼴을 보고 그가 내가 쳐놓은 그물에 걸려들었다는 걸 깨달았소.

'총독님한테 정보를 넘기는 게 나을까요?' 나는 조용히 물었소.

'잠깐, 그렇게 서두르지는 마라. 그랬다가는 나중에 후회할 수도 있으니까. 스몰, 일단 자초지종을 이야기해 다오. 사실을 있는 그대로 말해 봐.'

나는 숄토에게 사실을 전부 털어놓았소. 보물을 숨긴 장소를 알지 못하도록 몇 가지 사소한 사실만 바꿔서 말이오. 내가 이야기를 끝냈을 때 그는 생각이 가득한 얼굴로 멍하니 서 있었소. 입술이 떨리는 것으로 보아 마음속으로 갈등을 겪고 있는 것이 분명했소.

'스몰, 이건 예삿일이 아니다.' 숄토는 마침내 말했소. '다른 사람에게 절대로 이 일을 발설하지 마라. 조만간 너를 다시 찾겠다.'

이틀 뒤 숄토와 모스턴 대위가 한밤중에 등불을 들고 내 막사로 찾아왔소.

'스몰, 모스턴 대위님께 나한테 한 얘기를 그대로 말씀드려라.' 숄토가 이렇게 말했소.

나는 전에 한 얘기를 그대로 되풀이했소.

'사실 같지 않아? 응?' 숄토가 말했소. '내 생각엔 믿어도 될 것 같은데.'

모스턴 대위가 고개를 끄덕였소.

'스몰, 내 말 좀 들어봐라.' 소령이 말했소. '여기 있는 내 친구하고 나는 그 문제에 대해서 여러 번 상의했다. 그리고 우리는 너의 비밀이 정부와는 전혀 상관없는 문제라는 결론을 내렸다. 결국 보물은 네 개인 재산이고 너한테는 그것을 마음대로 처분할 수 있는 권리가 있으니까 말이다. 이제 문제는, 네가 요구하는 대가가 무엇

이냐는 것이다. 우리는 그 보물이 있는 곳에 가보고 싶다. 계약을 맺으려면 최소한 눈으로 직접 확인해야 하니까 말이다.' 숄토는 냉정하고 침착하게 말하려고 애썼지만 두 눈은 흥분과 탐욕으로 번들거리고 있었소.

'아, 그 점에 관해서는 말입니다.' 나는 냉정을 잃지 않으려고 애썼지만 소령처럼 흥분하고 있었소. '나 같은 처지에 있는 사람의 요구 조건은 다른 것이 있을 수가 없습니다. 저하고 세 친구가 자유의 몸이 되도록 도와주십시오. 그러면 두 분에게 보물의 5분의 1을 드리겠습니다.'

'흠!' 숄토가 말했소. '5분의 1이라고? 그건 너무 적은걸.'

'그래도 두 분 앞으로 각각 5만 파운드씩은 돌아갈 겁니다.' 나는 말했소.

'하지만 너희들을 어떻게 풀어준단 말이냐? 그게 불가능한 일이
라는 건 너도 잘 알고 있겠지?'

'그렇지 않습니다.' 나는 말했소. '제가 모든 걸 다 자세하게 생각
해 놓았습니다. 탈출하는 데 유일한 걸림돌은 여러 날 항해하는 데
필요한 배와 식량을 구할 수 없다는 겁니다. 캘커타나 마드라스에
가면 적당한 범선들이 많이 있을 겁니다. 배를 한 척 갖고 오십시오.
우린 밤중에 눈에 띄지 않게 승선하겠습니다. 그리고 인도 해안 아
무 데나 우릴 내려주면 두 분의 역할은 끝나는 겁니다.'

'한 사람이라면 어떻게 해볼 수 있겠는데.' 숄토가 말했소.

'넷이 아니면 절대로 안 됩니다.' 나는 대답했소. '우린 그렇게 맹
세했습니다. 우리 넷은 언제나 행동을 같이할 겁니다.'

'여보게, 모스턴.' 숄토가 말했소. '스몰은 신의가 있는 사람이네.
절대로 친구를 배신하지 않는군. 이 친구를 믿어도 좋을 것 같아.'

'이건 부정행위야.' 모스턴이 대답했소. '하지만 자네 말마따나 보
수가 엄청나니까.'

'좋아, 스몰.' 소령이 말했소. '네 요구를 들어주겠다. 하지만 먼저
네 얘기가 사실인지 확인해 봐야겠어. 보물 상자를 어디에 숨겨놓
았는지 말해 다오. 휴가를 받아서 이번 달 물자 수송선을 타고 인도
에 가서 직접 조사해 봐야겠어.'

'그렇게 서두르실 것 없습니다.' 소령이 흥분할수록 나는 더욱 침
착해지는 걸 느끼며 말했소. '나는 세 동지의 동의를 받아야 합니
다. 아까 말씀드린 것처럼 우리 네 사람은 행동을 같이하기로 했으

니까요.'

'말도 안 되는 소리!' 숄토가 언성을 높였소. '그 시커먼 세 놈하고 우리 계약이 무슨 상관이 있기에?'

'시커멓든 시퍼렇든 나는 동지들과 함께합니다.' 나는 말했소. '우리는 같이 행동합니다.'

그 문제는 마호메트 싱과 압둘라 칸, 도스트 아크바르가 모두 참석한 모임에서 결정되었소. 우리는 심사숙고한 끝에 마침내 결단을 내렸소. 우리는 두 장교에게 보물 지도를 제공하기로 했소. 그래서 숄토 소령이 아그라 성에 가서 우리 얘기가 사실인지 여부를 확인하기로 했소. 거기서 보물 상자를 발견하면 그냥 놔두고 작은 범선을 끌고 와서 러트랜드 섬에 배를 감춰놓고, 우리가 탈출한 것을 확인한 다음에 근무에 복귀하기로 했소. 모스턴 대위는 숄토가 복귀한 뒤에 휴가를 얻어서 아그라에서 우릴 만나 보물을 분배하기로 했소. 숄토 소령의 몫은 모스턴 대위에게 같이 주기로 하고 말이오. 우리는 반드시 이 약속을 지키겠노라고 엄숙하게 맹세했소. 그리고 나는 밤을 꼬박 새워서 두 장의 지도를 완성했소. 지도 밑에는 우리 네 사람의 이름을 적어놓았소. 압둘라, 아크바르, 마호메트, 그리고 내 이름 말이오.

신사 여러분, 나의 긴 얘기를 듣느라고 지루했을 거요. 여기 계신 존스 씨는 나를 한시라도 빨리 감옥에 집어넣고 싶어 하는 줄 다 알고 있소. 되도록 짧게 말하겠소이다. 악당 숄토는 인도로 가더니 감감무소식이었소. 모스턴 대위는 그 후에 우편선의 승객 명단에 그의 이름이 올라 있는 것을 내게 보여주었소. 숄토는 세상을 떠난 숙부에게서 큰 재산을 물려받자 군에서 제대했다고 했소. 하지만 아무리 그래도 그는 우리에게 한 약속을 지킬 수는 있었소. 모스턴은 곧장 아그라로 가서 보물을 찾아보았지만 우리가 예상했던 대로 그것은 이미 사라지고 없더라고 했소이다. 천하에 둘도 없을 악당이 우리가 비밀을 넘기는 대가로 요구한 조건을 하나도 이행하지 않고 보물만 훔쳐서 달아났던 거요. 그때부터 나는 오로지 복수만 생각하며 살았소. 나는 밤낮으로 그 생각에 골몰했소. 복수심이 나를 집어삼킨 거나 마찬가지였소. 나는 법도 무섭지 않았고, 교수형을 당한대도 상관없었소. 섬을 탈출한 뒤 숄토를 찾아 숨통을 끊어놓는 것, 내가 밤낮으로 생각했던 게 바로 그거였소. 아그라의 보물조차도 숄토의 처단에 비하면 사소한 것으로 여겨졌소.

　나는 안다만에서 복역하는 동안 안 해본 일이 없을 정도로 많은 일을 했소. 나는 때가 오기를 기다리며 지긋지긋한 세월을 견뎌냈소. 아까 말했던 것처럼 약의 조제에 대해서도 약간 배웠소이다. 어느 날, 소머튼 선생이 열병으로 앓아누웠을 때 숲에서 일하는 죄수패거리가 안다만 원주민 하나를 데리고 왔소. 그는 죽을병에 걸리자 아무도 없는 곳에서 혼자 죽으려고 나왔다가 죄수들에게 발견된 거였소. 비록 독사처럼 위험한 놈이었지만 나는 녀석을 받아들였소. 그리고 두 달간의 치료 끝에 녀석은 몸이 회복돼서 걸을 수 있게 되었소. 그러자 그는 나를 좋아하게 되었고 자신이 살던 곳으로 돌아가지 않고 항상 내 막사 근처에서 어슬렁거렸소. 나는 그에게서 안다만 부족 말도 조금 배웠는데 그러자 그는 나를 더욱 따르게 됐소.

그의 이름은 통가라고 했소. 통가는 배를 잘 부렸고 크고 널찍한 카누도 한 척 갖고 있었소. 나는 통가가 나를 위해서라면 무슨 일이든 마다하지 않을 만큼 헌신적이라는 걸 알고 드디어 탈출의 기회가 왔다는 것을 깨달았다오. 나는 통가와 그 문제를 의논했소. 통가는 경비를 세우지 않는 오래된 선착장으로 밤에 배를 끌고 오기로 했소. 나는 통가에게 물통 여러 개와 마, 코코넛, 고구마 등의 식량을 많이 준비하라고 지시했소.

작은 통가는 성실하고 진실한 사람이었소. 세상에서 그보다 더 충실한 벗은 없을 거요. 어느 날 밤, 통가는 카누를 타고 그 선착장으로 왔소이다. 그런데 하필이면 거기에 교도관 하나가 와 있었소. 그는 파탄이라는 비열하기 짝이 없는 인간이었는데, 틈날 때마다 나를 괴롭히고 모욕했던 자요. 나는 항상 그에게 이를 갈고 있었는데 마침내 기회가 온 거외다. 내가 섬을 떠나기 전에 빚을 갚을 수 있도록 운명의 여신이 그자를 내 앞으로 밀어준 거나 마찬가지였소. 그자는 카빈총을 둘러메고 이쪽으로 등을 돌린 채 바닷가에 서 있었소. 나는 그자의 머리통을 부숴버릴 작정으로 돌멩이를 찾아보았지만 그런 건 눈에 띄지 않았소.

그런데 기발한 생각이 떠올랐소. 나는 어둠 속에 쪼그리고 앉아 나무다리를 풀기 시작했소. 그리고 한쪽 다리로 세 걸음을 뛰어가 그자의 머리통을 향해 나무다리를 힘껏 휘둘렀소. 이 나무다리의 금 간 부분은 그때 생긴 자국이오. 나는 균형을 잡지 못했기 때문에 그자와 함께 고꾸라졌소. 하지만 나는 일어났지만 그자는 일어나지 못했소. 나는 통가가 몰고 온 배에 탔고 우리는 한 시간도 안 돼서 안다만 해변을 벗어났소. 통가는 온갖 물건을 다 챙겨 왔소. 그중에는 기다란 대나무 창을 비롯한 무기와 신(神) 들도 있었소. 안다만 야자나무로 만든 깔개는 나중에 돛으로 사용했소. 열흘 동안 우리는 운명을 하늘에 맡기고 정처 없이 표류하다가 열하루째 되는 날, 말레이 순례자들을 태우고 싱가포르에서 지다로 가던 상선에 구조되었소. 배에 타고 있는 사람들은 한결같이 이상했지만, 통가와 나는 금방 적응할 수 있었소이다. 그들에게는 한 가지 좋은 점이 있었소. 우리 둘만 있게 놔두고 아무것도 묻지 않는다는 거였소.

그 작은 친구와 내가 겪은 모험에 대해 전부 얘기한다면 여러분은 별로 고마워하지 않을 거요. 왜냐하면 내일 아침 해가 뜰 때까지 여러분을 여기 잡아둬야 할 테니까 말이오. 우리는 세계를 여기저기 떠돌아다녔소. 런던으로 가려고 했지만 항상 무슨 일인가가 생겨서 런던행은 번번이 좌절되었소. 하지만 나는 한 번도 목적을 잊어본 적이 없소이다. 밤에 꿈을 꾸면 숄토가 나타나곤 했소. 나는 자면서 그자를 백 번쯤은 죽였을 거요. 결국 우린 삼사 년쯤 전에 영국에 도착했소. 숄토가 사는 데를 찾아내는 건 별로 어려운 일이 아니었소. 나는 그가 보물을 팔아치웠는지 아니면 아직 그대로 갖고 있는지 수소문했소. 나는 내 일을 도와줄 만한 사람을 친구로 사귀었는데 그 이름은 말하지 않겠소. 남을 곤란하게 만들고 싶지는 않으니까 말이오. 어쨌든 나는 그가 보물을 그대로 갖고 있다는 사실을 알아냈소. 나는 숄토에게 복수를 하려고 백방으로 노력했지만 그자는 아주 교활했소. 프로 권투 선수 둘과 두 아들, 그리고 키트무트가가 한시도 그의 곁을 떠나지 않았소.

하지만 어느 날, 나는 숄토가 죽음을 앞두고 있다는 소식을 들었소. 나는 당장 그 집 정원으로 달려갔소. 그자가 이렇게 내 손아귀에서 빠져나간다고 생각하니 미칠 것 같았소이다. 창문으로 들여다보니 그자는 침대에 누워 있었고 양옆에 두 아들이 서 있었소. 나는 당장 뛰어들어 가서 그 셋을 상대해 주려고 했지만 내가 보는 앞에서 숄토는 눈을 감았소. 죽은 거요. 그날 밤 나는 그의 방으로 들어갔소. 보물을 숨겨놓은 장소를 어딘가 적어놓았을지도 모른다고 생각하고 나는 그의 서류를 다 뒤져보았소. 하지만 그런 건 찾지 못했소. 나는 화나고 쓰라린 심정을 부둥켜안고 그 방에서 나와야 했소. 방을 나오기 전에 나는 시크교도 친구들을 다시 만나게 될 때 뭔가 우리 적개심의 표시를 남겨놓았다고 말하면 그들의 속이라도 시원해질 거라고 생각했소. 그래서 도면에 쓰인 것처럼 '네 사람의 서명'이라고 써서 숄토의 가슴에 꽂아놓았소. 그에게 도둑맞고 사기 당한 사람들의 어떤 증표도 없이 그자를 깨끗하게 무덤으로 보내주기는 싫었던 거요.

가엾은 통가는 박람회 같은 곳에 흑인 식인종으로 출연했고, 우리는 그것으로 먹고살았소. 통가는 날고기를 먹고 전쟁의 춤을 추어 보이곤 했소이다. 하루 일을 끝내면 동전이 모자에 가득했소. 나는 여전히 퐁디셰리 저택을 예의 주시하고 있었소. 몇 년 동안은 형제들이 보물을 찾아 헤매고 있다는 얘기밖에는 없었소. 그런데 마침내 기다리고 기다리던 소식이 전해 왔소. 보물이 발견된 거요. 보물은 바솔로뮤 숄토의 화학 실험실 천장 위에 있었소. 나는 당장 가서 그곳을 살펴보았지만 내 나무다리로는 도저히 그곳까지 올라갈 수 없다는 사실을 알았소. 하지만 나는 지붕에 들창이 있다는 것과 숄토 씨의 저녁 식사 시간도 알아냈소. 통가의 도움을 받으면 일을 쉽게 처리할 수 있을 것 같았소. 나는 통가의 허리에 긴 밧줄을 둘러준 다음 그곳으로 데려갔소. 통가는 고양이처럼 지붕으로 올라가서 들창을 통해 집으로 들어갔소. 하지만 일이 안되려고 그랬는지 바솔로뮤 숄토는 아직 그 방에 남아 있다가 희생당하고 말았소. 밧줄을 타고 그 방에 들어가보니 통가는 제가 무슨 칭찬받을 일이나 한 줄 알았던지 공작새처럼 뻐기며 방 안을 돌아다니고 있었소. 그 피에 굶주린 꼬마 도깨비한테 욕을 퍼부으며 동아줄을 휘두르자 통가는 기겁을 했소이다. 나는 보물 상자를 먼저 내려놓고 그다음에 밧줄을 타고 내려갔소.

참, 방을 나오기 전에 보물이 마침내 원래 주인에게 돌아갔다는 사실을 알리기 위해 탁자에 '네 사람의 서명'이라고 쓴 쪽지를 남겨 놓았소. 통가는 그다음에 밧줄을 끌어 올리고 창문을 닫고, 그리고 원래 들어온 곳을 통해 다시 나왔소.

그 밖에 더 말할 게 있는지 모르겠소이다. 나는 어느 뱃사람한테 스미스의 증기선 오로라호가 아주 빠르다는 얘기를 들었소. 그래서 그 배를 선택한 거요. 나는 스미스를 만나서 계약하고 우리를 항구까지 안전하게 데려다주면 큰돈을 주겠노라고 약속했소. 스미스도 아마 이상한 낌새를 챘을 테지만 자세한 내용은 몰랐소이다. 지금까지 말한 것은 다 사실이오. 그리고 내가 여기서 사실을 털어놓은 것은 여러분을 즐겁게 해주기 위해서가 아니오. 여러분이 나한테 한 일을 생각해 보면 그렇게 해줄 이유가 전혀 없으니까. 단지 나는 아무것도 감추지 않고 숄토 소령이 나한테 얼마나 나쁜 짓을 했는지에 대해, 그리고 그 아들의 죽음이 나와 얼마나 무관한지에 대해 세상에 널리 알리는 것이 최상의 방어라고 생각했던 거요."

"아주 인상적인 설명이군요."

셜록 홈즈는 말했다.

"대단히 흥미로운 사건에 걸맞은 결말이기도 하고요. 얘기의 마지막 부분에서 당신네가 밧줄을 직접 가지고 갔다는 설명을 빼면 내게 새로운 내용은 전혀 없었습니다. 내가 몰랐던 것은 밧줄에 관한 것뿐이었지요. 그런데 나는 통가가 잃어버린 독침이 그가 가진 전부이기를 바랐습니다. 하지만 그는 배에서 용케도 우리한테 한 방 날렸더군요."

"통가가 침을 다 잃어버린 건 사실이오. 하지만 대롱 속에 들어 있던 것이 하나 남아 있었소."

"아, 그런가요. 그 생각을 미처 못 했군요."

홈즈가 말했다.

"더 알고 싶은 게 있으신가?"

죄수는 부드럽게 물었다.

"이젠 됐습니다. 고맙습니다."

내 친구가 대답했다.

"자, 홈즈."

애설니 존스가 말했다.

"나는 당신이 해달라는 대로 다 해줬소. 그리고 당신이 범죄 전문가라는 건 모두가 다 아는 사실이지만 내게도 지켜야 할 의무가 있소. 이 정도까지 한 것도 나로서는 크게 무리한 거요. 나는 이 이야기꾼을 서에 인도해야 마음이 놓일 것 같소. 마차가 아직 대기 중이고 경사 둘이 아래층에서 기다리고 있소. 두 분에게 신세 많이 졌소이다. 물론 재판에는 출석하셔야 할 거요. 그럼, 안녕히 계시오."

"안녕히 계시오."

조너선 스몰이 말했다.

"스몰, 먼저 나가지."

방문 앞에서 조심성 많은 존스가 말했다.

"안다만 제도의 신사가 너한테 어떻게 당했는지는 모르겠지만, 나는 그 나무다리로 머리통을 얻어맞지 않도록 각별히 주의하고 있으니까 말이야."

"드라마는 이렇게 막을 내렸군."

홈즈와 마주 앉아 말없이 담배를 피우다가 나는 말했다.

"그런데 내가 자네의 수사 기법을 연구할 수 있는 기회는 이번이 마지막일 것 같군. 모스턴 양이 내 청혼을 받아주었네."

홈즈는 우울한 얼굴로 신음했다.

"그런데 나는 자네 결혼을 축하해 줄 수 없을 것 같으이."

나는 약간 상처받았다.

"내 선택을 불만족스럽게 여기는 이유가 뭔가?"

나는 물었다.

"아니, 그런 건 없네. 모스턴 양은 내가 만나본 숙녀들 중에서 제일 매력적인 여성에 속한다네. 그리고 우리가 하는 일에 크게 도움이 될 만한 여성이기도 하지. 모스턴 양은 천재적인 감각을 가지고 있네. 아버지가 남긴 여러 가지 서류 가운데 아그라 성의 도면을 보관한 것만 봐도 알 수 있지. 하지만 사랑이란 감정적인 것이네. 그런데 감정이란 내가 가장 중요시하는 사실적이고 냉정한 논리와는 완전히 반대되는 것이거든. 나는 냉철한 판단력을 유지하기 위해서라도 결혼은 하지 않을 생각이네."

"나는 사랑이라는 감정의 시련 속에서도 냉철한 판단력을 유지할 수 있을 거라고 생각하네."

나는 웃으며 말했다.

"그런데 자네 몹시 고단해 보이는군."

"응, 벌써 반작용이 시작되고 있어. 나는 앞으로 일주일간 넝마처럼 후줄근하게 지낼 거야."

"참 이상한 일이군. 그토록 폭발적인 힘과 에너지가 어떻게 게으름이라고 부를 수밖에 없는 시기와 맞물리는지 말이야."

"그래."

홈즈는 대답했다.

"내게는 더할 나위 없는 게으름뱅이의 소질과 무한히 정력적인 활동가의 소질이 같이 있지. 나는 괴테의 이 말에 대해 자주 생각한다네. '자연이 인간을 창조한 것은 안타까운 일이다. 왜냐하면 가치가 있을 때는 사람이지만 말썽을 부릴 때는 물질에 지나지 않기 때문이다.' 그런데 이 노우드 사건에서 말일세, 내 말대로 집안에 내통하는 자가 있었다는 거 알겠지? 공범은 집사 랄 라오임에 틀림없어. 그래서 존스는 그물을 던져서 잡은 물고기 한 마리에 대해서는 영예를 독차지하게 되었네."

"존스가 영예를 독차지한다는 건 가당치 않은 일이지."

나는 말했다.

"이 사건은 자네 혼자 해결한 거야. 그런데 나는 이 일을 통해 아내를 얻고 존스는 영예를 얻네. 그런데 자네한테 남은 건 뭐지?"

"나한테 남은 건……."

셜록 홈즈는 말했다.

"코카인일세."

그러면서 희고 긴 손을 그쪽으로 뻗었다.

옮긴이 | 백영미

서울대학교 간호학과를 졸업했으며, 현재 전문 번역가로 활동하고 있다. 옮긴책으로 『셜록 홈즈 마지막 날들』, 『황금 두루마리의 비밀』, 『죽음 너머의 세계는 존재하는가』, 『타이타닉의 수수께끼』, 『히말라야에서 만난 성자』, 『의식 혁명』 등이 있다.

셜록 홈즈 전집 2

네 사람의 서명

1판 1쇄 펴냄 2002년 2월 5일
1판 73쇄 펴냄 2015년 3월 2일
2판 1쇄 펴냄 2015년 11월 6일
2판 18쇄 펴냄 2026년 2월 13일

지은이 | 아서 코난 도일
옮긴이 | 백영미
발행인 | 박근섭
편집인 | 김준혁
펴낸곳 | 황금가지

출판등록 | 2009. 10. 8 (제2009-000273호)
주소 | 06027 서울 강남구 도산대로 1길 62 강남출판문화센터 5층
전화 | 영업부 515-2000 **편집부** 3446-8774 **팩시밀리** 515-2007
홈페이지 | www.goldenbough.co.kr

도서 파본 등의 이유로 반송이 필요할 경우에는 구매처에서 교환하시고
출판사 교환이 필요할 경우에는 아래 주소로 반송 사유를 적어 도서와 함께 보내주세요.
06027 서울 강남구 도산대로 1길 62 강남출판문화센터 6층 민음인 마케팅부

한국어판 © 황금가지, 2002. Printed in Seoul, Korea
ISBN 978-89-8273-402-1 04840 (2권)
ISBN 978-89-8273-408-3 04840 (set)

㈜민음인은 민음사 출판 그룹의 자회사입니다.
황금가지는 ㈜민음인의 픽션 전문 출간 브랜드입니다.

셜록 홈즈, 마지막 날들

미치 컬린 | 백영미 옮김 | 348쪽

93세의 명탐정, 인생을 추리하다!
이언 매켈런 주연 영화 「미스터 홈즈」의 원작

『셜록 홈즈, 마지막 날들』은 93세라는 고령에 이르러 영광스러운 과거의 기억마저 가물가물해진 노년의 홈즈에게 조명을 비춘다. 노년에 이르러 육체적 능력과 기억은 극심하게 쇠퇴했지만 관찰력과 날카로운 통찰은 아직 살아 있는 그에게 주어진 '사건'은 냉혹한 살인마의 범죄가 아니라 자신의 과거이다. 평소 오랜 친구 겸 전기 작가의 권유에 따라 자신의 기억 속에 남은 사건을 정리하는 글을 쓰기 시작한다.

신중함, 예의, 우아한 느낌으로 가득한 사랑스럽고 가슴 따뜻한 책. 소설이라면 모름지기 이래야 한다. ─《워싱턴 포스트》

품위를 지키기 힘든 노년에 적응하는, 약해지긴 했지만 여전히 지적인 호기심이 왕성한 홈즈의 삶을 들여다본 야심만만하고 아름다운 소설. ─《퍼블리셔스 위클리》